KB072706

리턴마스터

리턴 마스터 1

류승현 장편소설

초판 1쇄 찍은 날 § 2017년 8월 21일
초판 1쇄 펴낸 날 § 2017년 8월 28일

지은이 § 류승현
펴낸이 § 서경석

총괄팀장 § 최하나
편집책임 § 이지연
디자인 § 신현아

펴낸곳 § 도서출판 청어람
등록번호 § 제387-1999-000006호
등록일자 § 1999. 5. 31
어람번호 § 제1-2751호

주소 § 경기도 부천시 원미구 부일로 483번길 40 서경B/D 3F (우) 14640
전화 § 032-656-4452 팩스 § 032-656-4453
http://www.chungeoram.com
E-mail § chungeorambook@daum.net

ISBN 979-11-04-91430-0 04810
ISBN 979-11-04-91429-4 (세트)

1

류승현 장편소설

리턴 마스터

도서출판 청람

FUSION FANTASTIC STORY

Contents

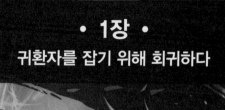

· 1장 ·
귀환자를 잡기 위해 회귀하다

2015년 여름, 전 세계에 수천 명의 사람이 실종되었다.

그러나 특별히 주목받진 않았다. 원래 매년 세계적으로 수만 명의 사람이 실종되니까.

하지만 그들은 평범한 실종자가 아니었다.

그것을 알게 된 건 2020년 겨울, 처음으로 귀환자가 세상에 모습을 드러낸 순간이었다.

그는 소위 말하는 '판타지'적인 세계로 이계 진입을 했고, 5년 만에 다시 우리의 세상으로 돌아왔다고 선언했다.

그리고 돌아오자마자 눈에 보이는 모든 인간을 공격하기 시작했다.

그는 칼과 마법으로 사람들을 학살했다.

우리는 총으로 그를 제압했다.

처음엔 무척 쉬웠다.

하지만 또 다른 귀환자가 돌아오고, 또 다른 귀환자가 돌아오고, 또 다른 귀환자가 돌아왔다.

그들은 모두 지구의 인류를 멸종시켜야 한다는 세뇌를 받은 상태였다.

시간이 지날수록 귀환자는 더 강해졌다.

믿을 수 없을 정도로.

우리는 그들을 총으로 제압했고, 폭탄으로 제압했다. 나중엔 전차와 헬기와 전투기까지 동원해야 겨우 제압할 수 있었다.

그리고 2027년쯤 되었을 때는 미사일조차 거의 통하지 않게 되었다.

그래도 우리는 그들을 막아냈다.

전부는 아니지만 최소한 눈에 띄는 성과는 있었다.

하지만 그걸로 끝이 아니었다.

2029년, 또 다른 차원으로 넘어간 새로운 귀환자들이 돌아오기 시작했다.

그들이 넘어간 차원은 지구보다 훨씬 과학이 발달한 세계였다.

그리고 판타지 차원의 귀환자와 마찬가지로, 돌아오자마자 주변에 보이는 모든 인류를 공격하기 시작했다.

휴대용 레이저 병기로, 사이보그화 된 육체로, 다수의 로봇 군단으로.

그때부터 인류는 한계를 느낀 것 같다.

내 기억 속의 2030년은 전 세계의 대도시들이 대부분 잿더미로 변해 있었다.

국가가 무너지고, 사회가 붕괴되었다.

살아남은 인간들은 군사 조직을 만들어 끝까지 저항했다. 나 역시 마찬가지로 모든 것을 걸고 싸웠다.

무의미한 싸움이었다.

그리고 2039년이 되었을 때, 마지막으로 '그것'들이 이쪽 세상으로 넘어왔다.

그것을 과연 뭐라 불러야 할까?

악몽의 주인? 우주의 괴수? 코즈믹 호러?

그리고 지금은 2041년이다.

인류는 멸망했다.

물론 나를 포함해서, 아직 네 명은 살아 있다.

하지만 그것으로는 인류라는 종족을 다시 부활시킬 수 없다.

내 이름은 문주한이다.

그 마지막일지 모르는 네 명 중 한 사람이며, 인류 저항군 최후의 군인 중 한 명이다.

우리에게 미래는 없다.

하지만 희망은 있다.

희망은 미래가 아닌 과거에 존재했다.

이 모든 것을 다시 되돌리기 위해, 새롭게 쓰기 위해, 우리 중 한 명이 무거운 중책을 맡아야만 했다.

*　　　*　　　*

하늘이 캄캄하다.

이미 2년쯤 전부터 밤낮의 구분 없이 캄캄했다.

그 컴컴한 밤하늘을 이질적인 존재가 마음껏 누비며 격렬한 전투를 치르고 있다.

멋들어진 갑옷을 차려 입고, 온몸에 찬란한 보라색 빛의 오러를 두른 귀환자가 하늘을 날며 싸우고 있다.

정식 명칭은 소드 마스터라고 한다.

2015년의 대규모 실종 사건 당시, 판타지 차원으로 넘어가 혹독한 수련과 모험을 통해 강력한 오러를 손에 넣고 돌아온 전사들이다.

실제로 맞서 싸워본 내 입장에선 욕이 절로 나오는 악귀 같은 놈이라 할 수 있다.

그 어떤 무기를 동원해도, 정말 질기게 안 죽는다.

어떤 소드 마스터는 전략 핵미사일을 직격으로 맞고도 안 죽었다.

그리고 지금, 저 멀리 소드 마스터가 싸우고 있는 상대는 전장이 200미터쯤 되는 괴물이다.

괴물의 색은 검었다.

형태는 부정확하며 수백 개의 촉수가 달렸다.

이 괴물은 가장 마지막에 돌아온 귀환자다.

그들이 어떤 차원으로 넘어갔고, 그곳에서 무슨 짓을 당했는지는 아무도 모른다.

그저 인간의 형태 같은 건 조금도 남아 있지 않은 괴물, 그 자체일 뿐이었다.

그들은 스스로를 이렇게 칭했다. '우주의 공허를 지배하는 절대이며 허무의 주관자'.

보통 인간들은 '우주 괴수'라 불렀다.

그리고 난 우주의 매연통이라고 부른다.

바로 이놈들이 정체불명의 검은 기운을 뿜어내 태양을 가려 버렸기 때문이다.

지금 세상은 우주 괴물과 판타지 차원 귀환자들의 격렬한 전쟁터가 되어 있다.

가끔씩 초과학 차원의 귀환자들도 전쟁에 끼어들며 자신의 존재를 과시한다.

매우 어이없지만 그것이 현실이다.

그리고 인류는, 이미 그들의 들러리조차 아니다.

"아주 그냥 기가 막힙니다."

옆에 있던 박진성 소위가 그들의 전투를 지켜보며 감탄했다.

"저것들이 서로 싸우면 저런 장관이 펼쳐지는군요. 오래전에 크리스마스 때 부대에서 틀어준 영화가 생각납니다."

"무슨 영화를 봤나?"

내가 물었다. 박 소위는 잠시 생각하다 고개를 저었다.

"제목은 모르겠습니다. 로봇 슈트를 입은 주인공이 동료들과 함께 시퍼런 우주인과 싸우는 내용이었죠."

"나도 잘 모르겠군. 영화는 최근 15년 정도 못 봐서 말이야."

난 웃었다. 그리고 괴물들의 차원을 초월한 전투를 바라보았다.

소드 마스터와 우주 괴수가 우리와 3㎞ 이상 떨어진 곳에서 싸우고 있다.

하지만 저들이 만들어내는 형형색색의 찬란한 빛과 폭발이 만들어내는 굉음은 멀리서도 똑똑히 보고 들을 수 있었다.

마치 불꽃놀이를 구경하는 기분이다.

생의 마지막 불꽃놀이는 장엄하면서도 비현실적이었다.

그때 마주 보며 앉아 있던 스텔라가 말했다.

"주한, 이제 슬슬 시간이 됐어."

그녀는 영어로 말했다. 하지만 난 그녀의 말을 이해할 수 있었다.

"아, 그래. 슬슬 떠날 시간이 됐지."

난 한국어로 대답했다. 물론 그녀는 내 말을 이해할 수 있었다.

그래, 시간이 됐다.

난 손에 쥔 금속 상자를 노려봤다. 그리고 모두에게 물었다.

"정말로 내가 돌아가도 괜찮은 건가? 스텔라? 박 소위? 규호?"

"헤, 설마 이제 와서 무서워진 건 아니겠지? 장군님?"

이제 갓 스무 살이 되는 규호가 놀리듯 말했다.

하지만 그건 사실이다. 난 솔직하게 고개를 끄덕였다.

"그래, 두렵다."

"엑? 진짜?"

"그래, 정말이다. 너희를 두고 나 혼자 돌아가는 게 두려워."

"새삼 무슨 말씀입니까, 준장님. 어제 전부 이야기 끝내지 않았습니까?"

박 소위가 허리를 꼿꼿이 세웠다. 그가 움직일 때마다 철컹거리는 쇳소리 같은 것이 들렸다.

"회귀의 반지는 사용자를 20년 전으로 돌려보낸다고 하지 않았습니까? 규호는 20년 전에는 태어나지도 않았습니다. 저는 열두 살이고요. 돌아간다고 뭔가 할 수 있는 나이가 아닙니다. 애초에 '개조'되기 전이라 싸울 수가 없습니다."

"하지만 스텔라가 있지."

난 마주 보고 앉은 금발의 여자를 보며 말했다.

스텔라는 15년 전에 처음 만났을 때와 마찬가지로 여전히 아름다웠다.

그녀는 빙긋 웃으며 고개를 저었다.

"난 20년 전에 레비그라스에 있었어. 판타지 차원 말이야. 한창 신관들에게 세뇌당하고 있을 때라 도움이 안 돼."

"하지만 지구로 돌아온 다음엔 스스로 세뇌에서 벗어났지. 지금은 완전히 다른 사람이다. 현재의 기억을 가지고 돌아가면 레비그라스교의 세뇌를 처음부터 버틸 수 있지 않을까?"

"그럴지도."

스텔라는 애매하게 말하며 눈을 감았다.

"하지만 아닐지도 몰라."

그녀는 '전향자'였다.

판타지 차원으로 소환된 모든 귀환자는 신관들에게 강제로 세뇌를 받는다.

그렇게 인류를 멸망시키는 데 혈안이 된 귀환자들 중에, 드물게 제정신을 차리고 인류의 편을 든 존재가 바로 전향자였다.

스텔라는 담담하게 말했다.

"하지만 당신이 가야 해, 주한. 나는 이 모든 일이 어떻게 벌어졌고, 또 어떻게 흘러갔는지 모르니까. 하지만 당신은 전문가잖아?"

"…그래, 난 전문가다. 하지만 지금까지 살아남은 건 모두 너희들 덕분이야."

난 들고 있던 상자를 열었다.

상자 안에는 투박하게 생긴 커다란 회색의 반지가 들어 있다.

이것이 바로 회귀의 반지다.

인류가 7년 전에 귀환자를 죽이고 빼앗은 물건이다. 당시엔 아무도 사용법을 몰라 그냥 위험물 창고에 처박아두고 있었다.

하지만 스텔라는 회귀의 반지를 알고 있었다. 그것의 사용법 역시.

그래서 우린 반지의 위치를 추적했다.

그리고 결국 이 오래된 벙커의 창고에서 반지를 찾아냈다.

"그동안 함께 싸울 수 있어 영광이었습니다, 준장님."

박 소위가 오른손을 내밀며 말했다.

그는 9년째 소위였다.

정상적인 상황이었다면 소령이 되고도 남을 경력을 가지고 있었다. 그저 이 세상에 그를 진급시켜 줄 군사 조직이 남아 있지 않다는 게 안타까울 뿐.

"나도 영광이었다, 박 소위."

박 소위와 악수를 나누자 마음이 짠했다. 손에 닿는 금속의 단단한 느낌이 오늘따라 더욱 무겁게 느껴졌다.

그러자 규호도 손을 내밀었다.

"돌아가면 잘 부탁해, 아저씨. 나 말이야. 아홉 살쯤에는 그럭저럭 싸울 수 있었던 거 같아."

"정말이냐? 그거 무서운데… 괜히 모르는 사람이 말을 걸었다가 봉변당하는 게 아닌가?"

"그때 난 아이스크림에 홀딱 빠져 있었어. 구하기 엄청 힘들었거든. 몇 개 사주면서 접근하면 포섭할 수 있을 거야."

"하하, 아이스크림이라……"

난 웃으며 고개를 끄덕였다.

"정말 그리운 단어군. 꼭 기억하도록 하지."

"하지만 힘으로 제압하려 하진 마. 난 어렸을 때도 엄청났으니까. 아저씨 잘하는 걸로 설득해 봐. 알았지?"

규호는 어깨를 으쓱이며 왼쪽 눈을 찌푸렸다.

그것은 상대의 능력치를 감지하는 스캐닝의 동작이었다. 지금 규호의 눈에는 내 기본 능력치가 표시되고 있을 것이다.

그리고 나도 같은 능력을 가지고 있다.

나는 이것이 마지막이라고 생각하며 스캐닝으로 규호의 능력치를 확인했다.

기본 능력
근력: 91
체력: 124
내구력: 34
정신력: 33
마력: 0
항마력: 119

이것은 평범한 인간은 결코 도달할 수 없는 엄청난 스텟의 능력치다.

하지만 규호는 '각성자'였다.

귀환자들이 돌아오기 시작한 이후, 세상엔 드물게 인간의 한계를 뛰어넘는 잠재력을 가진 각성자들이 태어나기 시작했다.

각성자는 강했다.

하지만 귀환자들에게 비할 바는 아니었다.

나는 무심코 고개를 돌렸다. 그리고 먼 곳에 보이는 거대한 우주 괴수의 능력치를 확인했다.

기본 능력
근력: 알 수 없음
체력: 알 수 없음

내구력: 107,450
정신력: 알 수 없음
항마력: 9,975

인류는 결국 저 숫자가 대체 어느 정도의 레벨인지조차 알 아내지 못한 채 멸망했다.

그래서 난 두려웠다.

정말 20년 전으로 돌아간다 해도, 과연 18년 후에 나타날 우주 괴수들을 해치울 힘을 얻을 수 있을까?

아니, 우주 괴수는 둘째 치더라도 판타지 차원의 소드 마스터 나 초과학 차원의 특수 강화 사이보그들을 상대할 수 있을까?

생각하는 것만으로도 우울해졌다. 그러자 스텔라가 손을 뻗 어 내 얼굴을 쓰다듬었다.

"주한, 두려워하지 마. 당신은 할 수 있어."

"스텔라……."

"당신은 규호처럼 각성자도 아니고, 진성처럼 사이보그도 아 니고, 나처럼 귀환자도 아니야. 하지만 지금까지 살아남았어. 그러니 좀 더 자신을 믿어."

그녀는 내 이마에 입을 맞췄다.

"그리고 가능하면 나를 세뇌로부터 더 빨리 깨워줘. 내가 수 만 명의 사람을 죽이기 전에, 내가 죄책감에 사로잡혀 아무것 도 하지 못하기 전에……."

"스텔라, 당신은 인류를 위해 많은 것을 했어."

난 그녀를 위로했고, 그녀는 서글픈 미소로 답했다.

그러자 박 소위가 경례를 붙이며 말했다.

"준장님, 돌아가서 우리들의 영웅이 되어주십시오."

규호는 허세 가득한 표정으로 엄지손가락을 내밀었다.

"아저씬 할 수 있어. 내가 장담해."

스텔라는 눈을 감으며 말했다.

"주한, 이제 돌아가. 모두를 구할 시간이야."

난 고개를 끄덕였다. 그리고 상자 속에서 회귀의 반지를 꺼냈다.

반지는 마치 거인을 위해 만들어진 것처럼 구멍이 아주 컸다. 난 왼손의 엄지와 검지를 모아 동시에 반지를 끼웠다.

그것이 이 반지의 독특한 사용법이다.

그러자 어두운 세상이 좀 더 어둡게 변했다.

20년 전으로 회귀하는 것은 대체 어떤 기분일까?

처음에는 아무것도 느껴지지 않았다.

＊　　　　＊　　　　＊

문득 정신을 차렸을 때, 세상은 회오리치는 빛으로 가득 차 있었다.

'여긴 어디지…….'

생각은 할 수 있지만 목소리는 나오지 않았다.

그것은 당연한 일이었다. 내겐 입이 없었으니까.

나는 단지 투명하게 반짝이는 작은 빛의 알갱이에 지나지 않았다.

의식은 확실했지만 형태가 부정확했다. 육체가 없어서 그런지 마음이 공허했다.

난 좌절했다.

'이건 대체 무슨 상황이지? 회귀에 실패한 건가?'

나는 이해할 수 없는 현실에 당황했다.

사방의 모든 빛이 나를 스치며 뒤쪽으로 향하고 있다.

그 와중에 오직 나만이 그 흐름을 역류하며 반대편으로 나가고 있다.

그렇다면 이것은 시간의 흐름 그 자체인가?

그리고 난 회귀의 반지를 통해 그 흐름을 역행하고 있는 걸까?

'그렇다면 일단 성공이긴 한데.'

하지만 모든 것이 혼란스럽고 두려웠다.

내가 상상했던 것은, 그저 20년 전으로 돌아가 23살의 내가 되어 눈을 뜨는 광경이었다.

그때 눈앞에 무언가 보였다.

그것은 장엄한 빛의 무리였다.

나 따위와는 비교조차 할 수 없는 거대하고 웅장하며 두렵고 경이로운 빛의 존재.

그리고 동시에 흐름이었다. 나는 그것이 대체 무엇인지 이해할 수 없었고, 이해하려 하지도 않았다.

그 거대한 것이 미약한 나를 뒤덮으며 지나갔다.

나는 꼼짝없이 그 순간을 견뎌낼 수밖에 없었다.

그리고 무언가 달라졌다.

나는 여전히 빛의 알갱이였지만, 그전과 무언가 달라졌다는 것을 느낄 수 있었다.

이게 뭘까?

내 몸에, 아니, 내 영혼에 대체 무슨 일이 생긴 걸까?

나는 다시 시간을 거슬러 과거를 향해 나아가기 시작했다.

계속해서.

계속해서…….

• 2장 •
최하급부터

문득 정신을 차린 순간, 거대한 몽둥이가 날아와 내 머리를 후려쳤다.

　콰직!

　그것은 내 인생을 통틀어, 단 한 번도 느껴본 적 없는 충격적인 고통이었다.

　그리고 난 죽었다.

　대체 뭐가 어떻게 되는 거야…….

　　　　　　*　　　　　*　　　　　*

　다시 정신을 차렸을 때, 나는 뭉쳐 있는 수십 명의 틈바구니에 끼어 어딘가로 달리고 있었다.

사방이 역동적이고, 어수선하고, 시끄러웠다.

"이 망할 지구 놈들! 빨리빨리 가지 못해!"

우리가 달리는 곳은 빈 수로 같은 공간이었다. 수로 위쪽으로 이집트의 노예 감시관 같은 남자들이 따라 달리며 채찍을 후려치며 소리를 지르고 있었다.

"너희들은 썩은 내가 진동하는 지구인 중에서도 가장 밑바닥에 고여 썩어가는 '부패 원액'이다! 달려! 당장 죽고 싶지 않으면 달려라!"

표현이 너무 강렬해서 웃음이 날 지경이었다.

하지만 실제론 온몸이 쑤셔서 조금도 웃을 수 없었다.

뭐가 어떻게 된 건지 모르겠다.

미친 듯이 어깨치기를 하며 달리는 수십 명의 남자들 사이에서, 난 대체 여기가 어디인지 짐작조차 할 수 없었다.

그 순간, 기억이 홍수처럼 밀려왔다.

그것은 레너드라는 인간이 살아온 삶의 기록이었다.

본명은 레너드 조.

한국인 아버지와 미국인 어머니 사이에서 태어나, 15살까지 미국에서 살다 한국으로 돌아왔다.

그리고 한국에서 고등학교에 진학하고, 대학에 입학한 직후 강제로 레비그라스 차원으로 소환되었다.

"이 무슨……."

나는 내 몸을 살피고, 얼굴을 훑으며 당황했다.

나는 20년 전의 내 자신으로 회귀하려 했다.

하지만 내가 회귀한 것은 23살의 문주한이 아닌, 21살의 레너드라는 인간의 육체였다.

어째서?

나는 현실을 이해할 수 없었다.

회귀의 반지는 당연히 자기 자신의 과거로 회귀하는 게 아니었나?

어째서 레너드라는 인간의 몸으로 돌아온 걸까?

내 영혼이 레너드에게 전이되었다면, 기존의 레너드의 영혼은 어디로 갔단 말인가?

"엉망진창이군……."

난 나지막한 목소리로 중얼거렸다.

현실이 시궁창인 건, 이미 전생에 질릴 만큼 겪어봤다.

언제나 마찬가지였다. 살아남기 위해서는 당장 들이닥친 현실에 집중해야 한다.

나는 레너드의 육체로 회귀했다.

레너드는 1년 전에 지구에서 레비그라스 차원으로 강제 소환 되었다.

그는 '선별 과정'에서 대다수의 다른 지구인과 마찬가지로 '최하급 노예 전사'로 분류됐다.

그리고 여기, 수용소에서 1년간의 지옥 같은 생활과 훈련을 견뎌냈다.

'소환된 지 1년이 지났다는 건 지금이 2016년이란 건가? 그렇

다면 20년 전이 아니라 24년 전으로 회귀했다는 말인데…….'

그렇다면 처음부터 회귀의 반지에 대한 설명이 틀렸다는 것이다.

그리고 내게 회귀의 반지의 능력에 대해 알려준 것은 스텔라다.

스텔라가 거짓말을 한 걸까?

아니면 스텔라 역시 잘못된 정보를 들은 걸까?

좌악!

순간, 누군가의 등짝을 후려친 채찍 소리에 정신이 번쩍 들었다.

"달려! 뒤처지는 놈들은 오늘이 죽는 날인 줄 알아라!"

또 다른 감시관이 뒤처지는 남자들을 향해 채찍을 날리며 소리친다.

그들은 모두 '간수'였다.

지구인들이 배치된 수용소를 감독하고 관리하는 레비그라스인.

그리고 지구인들은 결코 그들에게 저항할 수 없다.

왜냐하면 그들이 너무 강하기 때문이다.

강제로 소환당한 레너드는 그들이 어째서 그렇게 강한지 이해하지 못했다.

하지만 나는 알고 있었다.

그들은 오러를 수련한 각성자다.

'레비그라스 차원으로 소환당한 지구인들은 세뇌를 통해 강제로 훈련을 하며 그들과 마찬가지로 강해졌다. 그리고 귀환자가 되어 지구로 돌아와 인류를 공격하기 시작했다.'

생각이 거기에 미친 나는 바로 옆을 달리던 거구의 남자를 향해 낮은 목소리로 물었다.

"저기, 이봐? 머리는 좀 괜찮나? 그리고 지금 우리가 가고 있는 곳은……."

하지만 남자는 대답 대신 팔꿈치로 내 옆구리를 후려쳤다.

"병신 레너드? 죽고 싶지 않으면 좀 닥칠래?"

"컥… 그, 그래."

난 강렬한 통증을 느끼며 고개를 끄덕였다.

이 한 번의 커뮤니케이션만으로 나는 레너드라는 인간이 이곳에서 처한 상황을 순식간에 기억해 냈다.

나는, 아니, 레너드는 자신이 속한 노예 수용소에서 가장 약한 존재다.

무언가 계기가 있었는데 정확히 기억나진 않는다.

중요한 건 이곳에 있는 모든 노예가 지난 1년간 지옥 같은 생활을 버티며 살아남은 생존자라는 것이다.

다들 덩치가 크고, 근육질에 흉흉한 살기를 풍기고 있다.

오직 생존만을 위해 적응해 버린 괴물들이다.

놀라운 것은, 이 레너드 역시 그런 괴물들 틈바구니에서 지금까지 살아남았다는 것이다.

다른 생존자에 비해 레너드는 키도, 덩치도 훨씬 작다.

기껏해야 175㎝ 정도일까?

힘으로는 상대도 안 될 것이다.

그나마 다행인 건 빠른 속도로 계속 달리는 데도 지쳐서 나가떨어지지 않는다는 것뿐.

숨이 찼지만, 견딜 만하다.

생각보다 체력 단련은 잘되어 있는 것 같다.

그 순간, 지난 1년 동안 레너드가 생존을 위해 아등바등 반복했던 훈련들이 머릿속을 스치며 지나갔다.

"……."

갑자기 속이 울렁거리며 구토가 올라온다.

레너드가 겪은 정신적인 고통은 끔찍했다.

하루하루를 죽음으로부터 견뎌낸 시간들의 강렬함이 순간적으로 내 정신을 집어삼킬 뻔했다.

그의 정신은 사실상 붕괴된 상태였다.

하지만 나는 이 정도로 무너지지 않는다.

레너드라는 인간에겐 미안한 말이지만, 그가 겪은 모든 일은 사실 아무것도 아니었다.

인류가 멸망할 때까지 끝까지 생존하며 싸웠던 나의 경험에 비하면…….

'난 멸망한 인류를 구하기 위해 회귀의 반지를 사용해 과거로 돌아온 군인이다. 남의 몸으로 회귀하게 된 건 예상 밖이지만, 당장 주변 환경을 파악하고 생존해서 본래 목표를 달성해야 한다.'

난 심호흡을 하며 스스로의 존재와 임무를 되새겼다.

그리고 예상 밖으로 차지해 버린 이 육체의 능력을 스캔했다.

스캐닝은 영혼에 각인되는 능력이다. 그리고 그것이 사실이라면, 육체가 바뀌어도 당연히 쓸 수 있을 것이다.

이름: 레너드 조
레벨: 1
종족: 지구인

기본 능력
근력: 17
체력: 26
내구력: 14
정신력: 78
항마력: 0

특수 능력
오러: 0
마력: 0
신성: 0
저주: 11
각인: 스캐닝(상급) ― 목표의 모든 정보를 확인할 수 있다.
초월: 시공간의 축복 ― 죽으면 5분 전으로 회귀. 하루 5회

퀘스트1: 회귀의 반지를 파괴하라(최상급)

퀘스트2: 레비그라스 차원에서 처음 30일을 생존하라(하급)

퀘스트3: 특수 능력을 습득하라(하급)

퀘스트4: 레벨을 높여라(하급)

난 내 눈을 의심했다.

원래 가지고 있던 스캐닝 능력으로 보이던 것은 오직 기본능력치뿐이었다.

그런데 지금은 이름과 종족과 특수 능력까지 보인다.

그리고 정체불명의 단어들까지.

초월? 시공간의 축복? 퀘스트?

그리고 레벨?

'잠깐, 죽으면 5분 전으로 회귀한다고?'

그 설명을 읽은 순간, 나는 실제로 몇 분 전에 있었던 기억을 떠올렸다.

나는 그때 죽었다.

간수가 휘두른 몽둥이에 머리를 쳐맞고 죽은 것이다.

'그럼 내가 실제로 회귀한 건 바로 그 순간이었던 건가? 그리고 죽어서 5분 전으로 돌아간 것이고?'

머릿속이 혼란스럽다.

어째서 이런 능력이 생겼는지, 그리고 어째서 스캐닝 능력이 대폭 강화된 것인지 전혀 알 수 없다.

그 순간, 달리던 수로의 정면이 탁 트이며 넓은 공간이 나타났다.

나는 주변의 덩치들과 발을 맞춰 천천히 속도를 줄였다.

도착하자 알 수 있었다.

이곳은 훈련장이다.

훈련 내용은 다양하지만 패턴은 똑같다. 한 사람씩 앞으로 나서서 간수의 공격을 피해야 한다.

못 피하면 죽는다.

그래서 노예들은 이곳을 '처형장'이라고 불렀다.

나는 다시 한 번 거대한 몽둥이에 머리를 얻어맞은 기억을 떠올렸다.

난 간수가 공격하는 바로 그 순간에 회귀했다.

그리고 정신이 없는 와중에 머리를 얻어맞고 죽어버렸다.

그렇다.

나는 그때 이미 죽었다.

그런데 다시 살아났다. 대략 5분 전의 시점으로.

"이 썩을 지구 놈들아! 지금부터 위대한 빛의 신인 레비의 뜻에 따라 명예로운 훈련을 시작하겠다!"

훈련장에 도착하자 몇 명의 간수가 훈련장 안으로 뛰어내리며 소리쳤다.

그는 정체불명의 언어를 사용했다. 하지만 무슨 소릴 하는지 이해할 수 있었다.

분명 각인 능력자에게 '언어의 각인'을 받았을 것이다.

자신이 사용하는 언어와 상관없이, 모두가 자신의 말을 이해할 수 있고 모두의 말을 이해할 수 있게 만들어주는 각인이다.

스텔라 역시 언어의 각인을 받은 상태였다. 그래서 우린 일부러 자신들의 모국어로 대화를 했다.

그것은 인류가 멸망해 가는 절망 속에서, 거의 유일했던 나의 행복이었다.

하지만 지금은 추억에 잠겨 있을 때가 아니다.

나는 주변을 살피며 다시 한 번 상황을 파악했다.

훈련장은 콜로세움을 연상시키는 형태로, 학교 운동장 정도의 크기였다.

그리고 나를 포함한 속칭 '최하급 노예'의 숫자는 마흔 명이 넘는다.

반면 이곳에 있는 간수의 숫자는 넷이었다.

머릿수로는 지구의 노예들이 압도한다. 하지만 그들은 혼자서도 이곳에 있는 모두를 죽일 수 있을 만큼 강하다.

나는 일단 정면에 있는 간수의 능력치를 스캔했다.

이름: 로아누 잘만
레벨: 3
종족: 레비그라스인

기본 능력
근력: 114
체력: 121

내구력: 56
정신력: 38
항마력: 45

특수 능력
오러: 55
마력: 3
신성: 0
저주: 38
각인: 스캐닝(하급), 언어(하급)

역시 강하다.

이 정도 능력이면 지구에서 보병중대 하나를 혼자서 쓸어버리릴 수 있다.

그리고 예상대로 언어의 각인을 가지고 있었고, 나와 마찬가지로 스캐닝 능력 또한 가지고 있다.

저들 역시 각인 능력자에게 각인을 받은 것이다.

내가 스텔라에게 스캐닝 능력을 각인받은 것처럼.

그런데 그 순간, 주변에 있던 남자들이 내 몸을 붙잡고 앞으로 밀어내기 시작했다.

"네 차례다, 레너드!"

"후딱 나가, 레너드!"

"이봐, 잠깐, 지금 뭐 하는……."

"레너드! 네놈이 또 처음으로 나설 건가!"

몽둥이와 방패를 든 간수가 맨 앞으로 밀려난 나를 향해 소리쳤다.

나는 순식간에 내가 처한 상황을 파악하며 허탈하게 웃었다.

내가 속한 노예 그룹 안에서 레너드의 위치는 일종의 '지뢰 탐지기'였다.

정식 명칭은 '1번 타자'다.

간수들은 그날 어떤 훈련을 할지 알려주지 않는다. 그래서 '1번 타자'가 먼저 나서서 실험체가 되는 것이다.

피부가 구릿빛인 간수가 손에 쥔 방패를 던지며 말했다.

"그럼 오늘의 훈련을 시작한다."

난 엉겁결에 방패를 건네받았다.

그러고 보니 5분 전에 죽었을 때도 손에 뭔가 쥐고 있었다. 간수는 몽둥이를 치켜들며 소리쳤다.

"난 세 번 공격한다! 그중에 한 번이라도 막으면 끝이다!"

난 그것이 뭔지 기억해 냈다.

일명 트리플 어택 훈련.

간수가 무작위로 머리나 몸통, 다리 중에 한 군데를 공격한다.

매우 단순한 훈련이다. 그냥 막기만 하면 되니까.

하지만 너무 빨라서 눈으로 보고 막기는 힘들다. 그러므로 처음부터 셋 중 하나를 찍어야 해!

순간 5분 전의 기억이 떠올랐다.

당시의 나는 몽둥이에 머리를 얻어맞고 죽었다.

어째서 죽었는데 5분 전으로 다시 돌아가는 능력이 생겼는지는 모른다.

중요한 건 지금이다.

죽어버린 과거의 기억을 통해, 현재의 죽음을 피할 수 있다.

순간 간수가 치켜든 오른팔이 움찔거렸다.

나는 공격이 머리를 향해 떨어지리란 걸 알고 있었으므로, 즉시 방패를 치켜 올렸다.

콰앙!

충격과 동시에 내 몸이 오른쪽으로 날아갔다.

정말로 간수의 공격이 안 보였다.

사실 어렴풋이 보이긴 했다. 하지만 너무 빨라서 보고 대처하는 건 무리가 있었다.

머리를 향해 방패를 들어 올리고 있지 않았다면, 5분 전과 똑같이 머리통이 터지며 즉사했을 것이다.

난 5미터쯤 옆으로 날아가 쓰러졌다.

"컥……."

숨이 막힌다.

그리고 온몸에서 강렬한 통증이 퍼졌다. 정체불명의 힘이 방패를 들었던 양팔로부터 온몸을 향해 퍼져 나간다.

'오러를 담아서 쳤구나.'

나는 고통을 참으며 생각했다.

오러는 미지의 힘이었다. 하지만 인류가 십수 년간 연구를 한 결과, 대부분의 메커니즘이 밝혀진 상태였다.

간수가 쓰러진 나를 향해 소리쳤다.

"오! 한 번에 막았으니 끝이다! 이번에도 운이 좋구나, 레너드! 네놈의 머리통이 터지는 꼴을 보고 싶었는데 말이지! 벌써 18번쨋가? 그럼 다음을 기대해라!"

동시에 또 다른 간수가 다가와 내 멱살을 붙잡고 옆으로 질질 끌고 가기 시작했다.

가능한 내 발로 일어나 걸어가고 싶었다. 하지만 온몸이 마비된 듯 꼼짝도 할 수 없었다.

"너, 이거 진짜 운이냐?"

한참을 끌고 간 간수가 맨바닥에 날 내려놓으며 물었다.

난 대답할 수 없었다. 얼굴에 흉터가 가득한 간수는 잠시 날 노려보다 다시 원래 자리로 돌아갔다.

나는 속으로 안도의 한숨을 내쉬었다.

이로써 오늘도 살았다.

그것은 레너드의 기억이며 동시에 레너드의 한숨이었다.

그가 1번 타자로서 살아남은 지난 3개월간의 기억이 주마등처럼 머리를 스치며 지나간다.

그것은 레너드라는 인간이 가지고 있는 천부적인 기지와 민첩함, 그리고 상대의 분위기를 파악하는 눈치에 의해 달성된 기적이었다.

하지만 훈련에서 살아남으면 살아남을수록 레너드의 정신은 점점 더 피폐해질 뿐이었다.

언젠간 죽게 될 거란 걸 알고 있었기 때문에…….

그때, 멀리서 또 다른 노예들이 간수의 공격을 막으며 튕겨 날아가는 모습이 보였다.

1번 타자의 희생 덕분에, 훈련 방식을 미리 파악한 노예들의 생존 확률은 높았다.

하지만 개중에는 공격을 막지 못한 노예도 있었다. 그들의 미래는 5분 전의 나처럼 매우 간단했다.

나는 교차하는 삶과 죽음을 지켜보며 스스로에게 물었다.

'저놈들은 왜 이런 짓을 하는 거지? 죽일 거면 그냥 쉽게 죽일 수도 있을 텐데?'

그러자 레너드의 기억이 답을 떠올렸다.

훈련을 시작하던 첫날, 간수들은 이런 훈련을 해야 재능이 전혀 없는 인간들에게 재능이 싹틀 수도 있다고 선언했다.

마력이나 오러 같은 특수 능력의 재능을.

그리고 그건 말도 안 되는 이야기였다.

특수 능력은 이런 식으로 한다고 생기는 게 아니다.

이것은 인류 연합이 십수 년 간의 연구 끝에 밝혀낸 사실이다.

오러든 마력이든, 둘 다 특수한 훈련을 통해 체내에 축적해야 획득할 수 있는 힘이다.

하지만 레너드의 기억은 또 다른 사실을 보여주었다.

실제로 지난 1년간, 이런 훈련을 통해 두 명의 노예가 오러의 힘을 각성한 것이다.

그들은 다른 수용소로 옮겨졌다. '최하급 노예'에서 그냥 '노예'로 등급이 올라간 것이다.

즉, 이런 방식도 되긴 된다는 거다.

하지만 두 명의 각성자가 만들어지는 동안, 수용소에는 200명의 사망자가 발생했다.

평균적으로 100명이 죽을 때마다 한 명의 각성자가 만들어지는 것이다.

"하하하하하……."

나는 달관한 목소리로 웃었다.

그리고 마비가 조금씩 풀리는 것을 느끼며 천천히 몸을 일으켰다.

"여긴 미쳤어……."

"으아아아아악!"

마침 훈련 중인 노예 한 명이 다리에 공격을 맞고 비명과 함께 쓰러졌다.

구릿빛 피부의 간수는 쓰러진 노예의 머리통을 향해 가차없이 몽둥이를 내리쳤었다.

콰직!

끔찍한 소리가 훈련장 내부를 가득 채웠다. 간수는 이죽거리는 미소와 함께 남은 노예들을 향해 소리쳤다.

"다음!"

　　　　　*　　　　　*　　　　　*

　훈련을 시작했을 때 노예 전사의 숫자는 42명이었다.

　훈련이 끝난 지금은 37명으로 줄어들었다.

　생존자들은 처음과 마찬가지로 수로 같은 길을 통해 달려서 돌아왔다.

　부상을 입어 빨리 달릴 수 없는 노예들에겐 가차없이 채찍이 날아왔다.

　나는 채찍을 맞지 않기 위해 가장 앞에서 달렸다. 레너드의 몸은 다른 노예들에 비해 상대적으로 왜소했지만, 그래도 오래 달리는 것 하나만큼은 일품이었다.

　달리 말하면 레너드의 육체가 가진 장점은 오직 그것뿐이었다.

　다른 우락부락한 거구의 지구인들에 비해 레너드는 마르고 힘이 약했다.

　그렇게 20분 정도 달려 수로를 지나 도착한 곳은 누가 봐도 대충 만들어진 느낌의 허술한 숙소였다.

　나는 어깨가 축 처진 채로 숙소에 들어가는 노예들을 보며 생각했다.

　여기가 지금 내 집이다.

　지난 1년 동안 살아왔고, 앞으로 죽을 때까지 살게 될 곳.

　하지만 그것은 레너드의 기억이었다. 나는 육체가 느끼는 본능적인 우울함을 떨쳐내며 숙소 안으로 걸음을 옮겼다.

숙소의 내부는 작은 방으로 끝없이 나눠진 감옥 같은 구조였다.

숙소의 입구는 물론, 모든 방문은 잠겨 있지 않다.

밤이든 낮이든.

그것은 탈출하려면 어디 해보라는 무언의 경고였다. 나는 지난 1년간 탈출하려다 잡혀 죽은 수많은 노예의 모습을 기억하며 몸서리쳤다.

간수들은 탈옥한 죄수를 숙소까지 끌고 와, 온갖 잔인한 방법으로 '분해'해 버렸다.

"강제로 소환당한 인간들의 대다수는 이렇게 여기서 죽어갔군……."

난 쓴웃음을 지으며 중얼거렸다.

내게 레비그라스에 대한 모든 것을 알려준 것은 전향자인 스텔라였다.

하지만 그녀는 처음부터 특수 능력에 재능이 있었다. 그래서 높은 등급에서부터 레비그라스 생활을 시작했다

덕분에 재능이 없던 대부분의 인간이 무슨 짓을 당했는지는 알지 못했다.

"어째서……."

나는 '내 방'이라고 인식되는 문 앞에 멈춰 선 채 치를 떨었다.

레비그라스인들이 증오스러웠다.

수천 명의 무고한 인간을 강제로 소환해서, 그중 대부분을

이토록 고통스러운 죽음으로 몰고 간 것이다.

하지만 힘없는 자의 증오만큼 허무한 것도 없다.

그리고 지금의 내겐 힘이 없다.

가진 거라곤 인류 저항군의 장교인 문주한으로 살아온 43년 동안의 지식과 정신력뿐.

하지만 이곳은 지구가 아닌 레비그라스 차원이다.

내가 가진 대부분의 지식은 이곳에서 거의 쓸모가 없다.

하지만 이곳이 레비그라스이기 때문에, 반대로 쓸모없는 지식이 엄청난 보물로 바뀔 수 있다.

나는 방으로 들어가며 뿌듯함을 느꼈다.

지금 이 순간만큼 인류 연합이 밝혀낸 '오러'에 대한 연구가 자랑스러웠던 적이 없었다.

방으로 들어가자 안에 있던 작은 노인이 눈을 크게 뜨며 소리쳤다.

"오! 레너드, 오늘도 용케 무사히 살아 돌아왔군."

발음이 조금 어눌한 걸 제외하고는 매우 부드러운 한국어였다.

나는 노인의 인종이 흑인이라는 것을 파악함과 동시에 레너드의 기억을 떠올렸다.

램지.

연령은 63살. 미국 출신의 대학 교수.

그가 한국어를 잘하는 이유는 바로 레너드가 시간 날 때마다 직접 가르쳤기 때문이다.

둘 다' 영어를 할 수 있었지만, 굳이 한국어를 가르친 이유는 달리 할 일이 없었기 때문이다.

그리고 램지는 불과 3개월 만에 한국어를 마스터했다.

그는 천재였다.

동시에 이 삭막한 수용소에서 레너드에게 친절하게 대해준 유일한 인간이었다.

그의 얼굴을 보자, 나는 마치 돌아가신 아버지를 본 듯한 기분을 느꼈다.

"음? 왜 그러나, 레너드?"

노인은 고개를 갸웃거리며 가만히 서 있는 날 살피기 시작했다.

"표정이 이상하군. 혹시 오늘 사람들이 많이 죽었나? 그래서 충격을 받은 건가?"

"아… 네. 다섯 명 죽었습니다."

나는 대충 대답하고는 방의 구석에 등을 기대며 주저앉았다. 그러자 램지는 의문을 넘어 의혹에 가까운 표정으로 날 보기 시작했다.

"레너드, 자네 오늘 정말 이상하군. 표정도 이상하고 말투도 이상하고 행동도 이상해. 대체 훈련장에서 무슨 일을 겪은 건가? 아침에 나갈 때와 사람이 완전 딴판이네!"

노인의 안목은 놀라울 정도로 예리했다.

'이분은 왜 이렇게 날카로운 거지? 아무리 평소의 레너드와

친했다 해도······.'

나는 혹시나 하는 마음에 램지의 능력치를 스캔했다.

이름: 프랭클린 램지

레벨: 1

종족: 지구인

기본 능력

근력: 6

체력: 6

내구력: 4

정신력: 85

항마력: 0

특수 능력

오러: 0

마력: 0

신성: 39

저주: 0

각인: 없음

'정신력이 85라니··· 평범한 지구인 중에선 거의 최상급이 아닐까?'

나는 램지의 기본 능력치에 감탄했다.

다른 신체 능력은 평범한 노인이다.

하지만 정신력만큼은 인류의 한계에 꽤나 근접할 만큼 높은 스텟이었다.

'보통 정신력이 50이 넘으면 천재 소리를 듣는데 말이지. 물론 정신력이란 스텟을 오직 지능으로 판단할 수는 없지만……'

"레너드! 자네 정말 괜찮은 건가?"

램지는 결국 자리에서 일어나 내 앞으로 걸어왔다.

나는 눈높이를 맞추며 쪼그려 앉은 노인의 검은 얼굴을 바라보았다.

문득, 어째서 그가 훈련을 나가지 않고 이곳에 있는지가 궁금했다.

레너드의 기억은 그것이 그저 당연한 일이라고만 여기고 있었다.

상세한 기억은 쉽게 떠오르지 않았다. 나는 이 문제를 해결하고, 동시에 램지의 관찰력과 상상력을 테스트할 겸 질문을 던졌다.

"램지 씨, 당신은 어째서 여기 계신 겁니까?"

"뭐라고?"

"다른 노예들은 전부 강제로 끌려가서 '훈련'을 받고 돌아왔는데 말입니다. 어째서 당신은 이곳에 남아 있던 겁니까?"

순간 램지의 눈이 휘둥그레졌다.

"자네……"

노인의 얼굴에 드리운 주름이 한층 더 깊게 파였다. 그는 놀란 얼굴로 내 얼굴을 살피며 물었다.

"자네는… 레너드가 아닌 건가?"

과연 천재다운 발상의 비약이었다. 나는 가볍게 웃으며 물었다.

"어째서 그렇게 생각하십니까?"

"그야, 레너드라면 이미 알고 있는 걸 질문하니까 그렇지."

"물론 그렇습니다만. 단지 그것뿐입니까?"

나는 눈을 가늘게 뜨며 다시 물었다. 램지는 혀를 차며 고개를 저었다.

"아니, 사실 그런 건 그리 중요하지 않네. 중요한 건 자네의 눈빛이야. 레너드의 눈은 이렇게 예리하지 않았네. 말투도 그렇고, 표정도 그렇고… 하지만 어떻게? 혹시 다중인격 같은 건가? 자네는 레너드의 또 다른 인격인가? 스트레스가 너무 심한 환경에서 더러 다중인격이 발생한다는 논문을 읽은 적이 있네만."

"어쩌면 그럴지도 모르겠군요."

나는 쓴웃음을 지었다.

"저도 그런 군인들을 자주 보았습니다. 그렇군요. 저라는 존재는 레너드가 스스로의 정신을 보호하기 위해 만들어낸 또 다른 인격일지도 모르겠습니다."

"표정을 보니 농담을 하고 있군. 흠… 자네는 이름이 뭔가?"

"주한입니다, 문주한."

"그렇군. 어쨌든 만나서 반갑네, 주한."

램지가 손을 내밀었다. 나는 그의 악수를 받으며 고개를 끄덕였다.

"만나서 반갑습니다, 램지 씨."

"흥미롭군. 자네가 정말 레너드의 또 다른 인격인지, 혹은 이 믿지 못할 세계의 또 다른 기적인지는 모르겠네. 그런데 레너드는… 그 육체의 원래 주인은 지금 어디에 있는가?"

"저도 모르겠습니다."

나는 고개를 저었다. 램지는 놀란 표정으로 고개를 끄덕이며 그 자리에 주저앉았다.

"허허, 놀랍군, 정말 놀라워. 인격 전이라니. 이 레비그라스라는 세계는 끔찍할 만큼 잔혹하지만… 반대로 믿을 수 없을 만큼 놀랍기도 하네. 공부하는 자로서 무척 매력적인 곳이야."

"당신은 교수시죠?"

"맞아. 자네에겐 레너드의 기억이 남아 있는 건가?"

"있습니다. 다만 어떤 것들은 개념이 모호하거나 상세히 떠오르지 않는군요."

"그렇군. 뇌 과학적으로 흥미로운 소재야. 상황이 이런지라 자세한 연구는 할 수 없겠네만……"

노인의 눈이 반짝였다. 그때 닫혀 있던 문이 벌컥 열리며 남자 두 명이 성큼 안으로 들어왔다.

"램지 씨! 여기 이 녀석 다리 좀 봐주시오!"

덩치 큰 백인이 부축하고 온 히스패닉계 남자를 바닥에 내려놓았다. 램지는 즉시 몸을 일으켜 쓰러진 남자의 다리를 살펴기 시작했다.

"흐음, 이것 참… 무릎 연골이 찢어졌군. 도미닉, 이런 다리로 여기까지 달려온 건가?"

"아윽… 그야… 안 달리면 죽으니까."

히스패닉계 남자가 이를 갈며 가까스로 대답했다. 램지는 남자의 퉁퉁 부은 무릎을 양손으로 붙잡고는 눈을 감고 심호흡을 하기 시작했다.

그러자 순간적으로 램지의 양손에서 희미한 빛이 번졌다.

나는 그 광경을 지켜보며 마음속으로 소리쳤다.

'신성 마법! 회복 계열인가?'

"…어떠, 이제 좀 움직일 만한가?"

잠시 후, 램지가 남자의 무릎에서 손을 뗐다. 남자는 잔뜩 찌푸렸던 얼굴을 풀며 천천히 몸을 일으키기 시작했다.

"오… 좋아. 이제 아프지 않군."

"너무 무리하진 말게. 내 힘으로 완치는 힘드니까. 적어도 내 일까지는 꼼짝하지 말고 방에 가서 누워 있게."

"그러지. 고맙소, 영감."

남자는 꾸벅 인사하며 다른 백인 남자와 함께 방에서 나갔다. 램지는 가볍게 한숨을 내쉬며 뒤를 돌아 날 바라보았다.

"이게 바로 자네의 질문에 대한 대답이네. 레너드, 아니, 주한."

"회복 마법이군요."

"맞아."

램지는 고개를 끄덕이며 자신의 침상으로 돌아가 걸터앉았다.

"이쪽 세계로 소환되면서 생긴 능력이네. 소위 각성이라고 하나 본데… 하지만 그자들의 마음에 찰 만큼 제대로 된 각성은 아니었던 모양이야."

"회복 마법을 쓸 수 있는데도 말입니까?"

"능력이 너무 낮다고 하더군. 그래도 덕분에 죽지 않고 이렇게 목숨을 부지할 수 있었네. 그자들은 우리가 다친다고 치료해 주지 않으니까. 대신 날 여기 남겨놓고 응급 도구로 사용하고 있지."

확실히 스캐닝을 통해 확인한 램지의 특수 능력 중에 '신성' 스텟이 활성화되어 있었다.

나는 고개를 끄덕이며 주위를 살폈다.

"대충 알겠습니다. 그런데 강제로 소환된 지 1년이 지났다면, 지금은 2016년이겠군요?"

"그렇겠지. 물론 이 땅과 지구의 시간대가 동일하다면 말이네만."

"제가 알기론 동일하다고 합니다. 아무튼 잘되었다면 잘됐군요. 4년이나 시간이 더 생겼으니."

"4년? 대체 무슨 소린가?"

"레비그라스 차원에서 귀환자들이 돌아올 때까지 남은 시간 말입니다."

나는 미래에 벌어질 일을 설명했다. 램지는 흥미롭다는 표정으로 고개를 끄덕였다.

"오… 자네는 정말 재밌는 이야기를 하는군. 자네가 말하는 귀환자라는 건, 바로 우리 같은 지구인들을 말하는 건가? 이쪽 세상으로 소환당한?"

"그렇습니다."

"그렇다면 저들이 4년 후에 우리들을 다시 지구로 돌려보내는 건가?"

"그렇기도 하고, 아니기도 합니다."

나는 고개를 저었다.

"그들은 5년 동안 귀환자들을 훈련시킵니다. 그리고 그중에 성과를 거둔, 강력해진 자들을 선별해서 지구로 돌려보냅니다. 인간을 멸종시키라는 세뇌를 걸고 말입니다."

"그런 말도 안 되는……."

램지는 심각한 표정으로 고개를 저었다.

그러다 잠시 후, 다시 납득이 간 듯 고개를 끄덕이며 말했다.

"아니, 오히려 그쯤 되어야 말이 되는군. 나는 그동안 쭉 생각했네. 저들이 어째서 이토록 장대한 짓을 벌이는지 말이야. 그런데……."

램지는 의문이 가득한 얼굴로 날 바라보았다.

"자네는 어떻게 그런 걸 알고 있나, 주한? 레너드가 만들어낸 또 다른 인격의 망상인가? 아니면 무언가 초월적인 존재가 레너드의 몸에 빙의한 건가?"

"굳이 따지자면 후자가 좀 더 가깝겠군요."

나는 일부러 애매하게 대답했다.

정확히는 나 스스로도 모르는 일이다.

내가 왜 20년 전의 내 몸으로 회귀하지 않고, 24년 전의 레너드의 몸으로 회귀한 것인지…….

나는 고개를 천천히 저으며 말했다.

"어쨌든 저에 관한 일은 당분간 비밀로 해주시기 바랍니다, 램지 씨. 이곳에 있는 지구인 모두가 당신처럼 예리하진 않을 테니까요."

"딱히 비밀로 할 필요도 없네. 내가 이런 소릴 해봤자 미쳤다는 소리밖에 못 듣겠지, 후후……."

램지는 재밌다는 듯 웃기 시작했다. 나는 함께 따라 웃으며 고개를 끄덕였다.

"확실히 그렇겠군요. 어쨌든 계획이 세워질 때까지 쓸데없는 이야기가 새어 나가는 건 곤란합니다."

"그래. 아무튼 입 조심하겠네. 그런데 계획이라면 무슨 계획 말인가? 혹시 여길 탈출하려고 그러나?"

램지는 과연 레너드가 천재라고 인식할 만큼 예리했다. 나는 긍정도 부정도 하지 않은 채 천천히 심호흡을 했다.

램지는 내 안색을 살피며 말했다.

"레너드의 기억이 있다면 자네도 알겠지. 그래도 굳이 내가 말하자면… 탈출은 불가능하네."

"정말 불가능하나요?"

"정말 운이 좋으면 수용소는 빠져나갈 수 있을지도 모르지. 중요한 건 그래봤자 전혀 의미가 없다는 거야."

"어째서입니까?"

"햄스터가 우리를 빠져나간다고 뭐가 달라지겠나?"

램지는 어깨를 으쓱였다. 나는 가볍게 웃으며 흙벽돌로 만들어진 천장을 올려다보았다.

말하자면 우리 노예들이 햄스터고, 간수들은 그 햄스터를 사육하고 있는 인간이라는 말이다.

당연한 이야기지만, 이 노인은 모르고 있다.

여기가 지구가 아니라 정말로 레비그라스라면, 햄스터도 순식간에 인간만큼 강해질 수 있다는 사실을.

*   *   *

지구의 인류는 결국 다른 차원에서 돌아오는 귀환자들에 의해 멸망했다.

하지만 멸망에 이르기까지의 과정은 찬란했다.

우리들은 역사상 최초로 국가와 인종과 이념과 종교를 뛰어넘어 서로가 가진 모든 역량을 하나로 집중했다.

덕분에 귀환자들이 다루는 '힘'에 대한 연구도 순식간에 이뤄졌다.

특히 판타지 차원인 '레비그라스'의 귀환자들이 다루는 힘에 대한 연구는 거의 완벽에 가까울 정도로 진행됐다.

그들은 크게 두 가지의 힘을 가지고 지구로 돌아왔다.

마력.

그리고 오러.

당연하게도 둘 다 인류가 경험해 보지 못한 힘이었다.

그 탓에 최초의 연구는 난항을 겪었다. 하지만 세뇌에서 풀린 귀환자, 즉 전향자들이 인류에 합류하며 새로운 전단이 마련되었다.

인류는 전향자의 정보를 토대로 오러와 마력을 연구했다.

오러는 귀환자가 보유한 오러의 총량에 따라 귀환자의 육체를 기하급수적으로 강화시켜 준다.

반면 마력은 마법을 쓸 수 있게 만들어주는 일종의 연료였다.

그리고 전향자의 말에 따르면 오러도 마력도 모두 자연에 존재하는 에너지의 일종인 '마나'를 바탕으로 만드는 힘이었다.

그리고 마법은 레비그라스 차원의 마법사들이 사용법을 전수해 줘야 쓸 수 있는 능력이었다.

그 말은 마력의 정체를 밝혀낸다 해도 인류는 쉽사리 마법을 쓸 수 없다는 것을 의미했다.

덕분에 인류의 연구는 그 자체로 큰 힘이 되는 오러에 집중되었다.

먼저 오러를 다루는 전향자의 몸을 그야말로 세포 단위로 철저하게 검사했다.

그리고 체내에 축적된 오러를 발동시킬 때 일어나는 모든 변화를 기록했다.

뇌파의 변화, 근육의 변화, 체내 글리코겐의 변화, 내장, 혈관, 피부, 뼈의 변화 등 모든 것을 체크했다.

연구는 그 후 2년간 계속되었다.

인류 저항군의 장교였던 나는 당시 실전 경력을 인정받아 전향자의 연구에 3년간 협력했다.

때문에 실시간으로 연구의 성과를 확인할 수 있었다.

결과는 놀라웠다.

정말로 대기 중에 마나로 추정되는 특별한 에너지원이 존재했다.

그리고 에너지원을 체내로 받아들여 육체를 강화하는 새로운 힘으로 변환하는 것이 가능했다.

전향자들은 레비그라스 차원에서 뼈를 깎는 다양한 훈련을 통해 오러를 체내에 축적했다고 증언했다. 하지만 연구 결과, 실제로는 그렇게까지 할 필요가 없었다는 것이 밝혀졌다.

중요한 건 이미지였다.

대기 중에 '마나'라는 존재가 실제로 존재한다고 상상하고, 그 마나가 호흡을 통해 자신의 내부로 들어와 오러로 변환된다고 '리얼하게' 상상할 수 있으면 그걸로 끝이었다.

연구진은 이 놀라운 성과에 자축하며 샴페인을 터뜨렸다.

그리고 동시에, 가득 찬 샴페인 잔을 바닥에 내던져 박살 냈다.

문제는 지구의 대기에 마나가 거의 없다는 것이었다.

"잠깐, 지구엔 마나가 거의 없다고?"

램지가 깜짝 놀라며 물었다. 나는 침상에 누운 채 캄캄한 천장을 바라보며 설명을 이었다.

"그렇습니다. 우린 마나 검출기를 만들어서 측정했습니다. 그리고… 지구의 대기에 존재하는 마나의 농도는 레비그라스의 100분의 1도 되지 않는다는 걸 알아냈습니다."

"1퍼센트도 안 된다는 건가? 차이가 심하군. 그런데 레비그라스의 마나 농도는 어떻게 알아냈나?"

"가능한 다양한 장소에서 레비그라스의 마나를 측정했습니다. 귀환자가 소환된 장소, 혹은 레비그라스의 마물들이 대량으로 소환된 장소를 조사했죠."

"잠깐, 귀환자… 그러니까 우리들 말고 마물들까지 지구로 소환됐다는 말인가? 그런데 마물이라니… 어떤 마물을 말하는 건가? 신화에 나오는 종류의 그런 마물인가?"

램지의 목소리엔 놀라움과 흥미로움이 가득했다.

그는 간만에 생긴 새로운 지적 자극에 열광한 상태였다.

여기서 내 말이 진실인지, 혹은 정신 나간 레너드가 만들어낸 망상인지는 중요하지 않은 듯했다.

"네. 대체로 그런 느낌입니다. 고블린이나 오크 같은 마물이 많았죠. 평균적으로 보면 귀환자보다는 상대할 만했습니다. 어쨌든 소환이 된 장소엔 일정 시간 동안 양 세계를 연결하는 통로가 열렸습니다. 크기가 아주 작게 줄어들어 눈으로 볼 수는 없었지만… 어쨌든 그 통로로 양쪽 세계의 대기가 연결되어 있었습니다. 우린 그걸로 레비그라스의 대기를 측정했죠."

"그래서 1퍼센트인가… 그렇군. 그런데 자네 말대로라면 결국 그 연구는 실제로 쓸모가 없던 게 아닌가?"

그것은 당연한 결론이었다.

"네. 쓸모가 전혀 없었습니다."

난 어둠 속에서 고개를 끄덕이며 당시의 기억을 떠올렸다.

우리가 3년 동안 필사적으로 매달린 연구에서 얻어낸 성과는 고작해야 귀환자들이 지구로 돌아온 이상 더 강해지지 않는다는 사실뿐이었다.

지구의 대기엔 마나가 거의 없었기 때문에…….

"대충 이야기는 여기까지입니다. 어떻습니까? 제 말이 믿기십니까? 아니면 여전히 레너드의 망상 같습니까?"

난 장난 섞인 목소리로 물었다. 램지는 가볍게 한숨을 내쉬며 대답했다.

"망상도 이 정도까지 실감나게 만들어내면 믿어야지. 뭐, 별수 있겠나? 그런데 자네가 준장이었다고?"

"준장이 된 건 4년 전이었습니다. 연도로 치면 2039년이죠. 그래봤자 부하는 별로 없었습니다. 최후엔 딱 세 명밖에 안 남았고 말이죠."

나는 가볍게 웃었다.

나를 포함한 그 세 명의 부하가 바로 인류 최후의 생존자였을 것이다.

"오… 그것참……."

램지는 나의 이야기에 빠졌는지 연신 탄식했다.

하지만 현직 교수답게 이내 날카로운 안목으로 핵심을 짚어냈다.

"놀라운 이야기였네. 어쨌든 중요한 건 여기가 지구가 아니라 레비그라스라는 사실이군. 그 쓸모없던 연구 결과가 정반대로 작용할 수 있으니 말이야. 여기서라면 자네도 빠르게 오러를 축적할 수 있다는 말 아닌가?"

"그렇습니다. 이론상으로 말이죠."

"이론상으로 가능한 건 대부분 실험에서도 가능하게 되네. 예상 못 한 변수만 없다면 말이지. 그래, 그렇군… 간수들이 그렇게 초인적으로 강한 것도 다 오러 때문인가?"

"그렇습니다. 그들의 오러 스텟은 55였죠."

"55? 아, 자네는 인간의 능력을 수치로 볼 수 있다고 했지. 오러가 55면 얼마나 센 건가?"

"그건 저도 모릅니다."

난 고개를 저으며 전생의 기억을 떠올렸다.

전생의 나는 동료이자 전향자인 스텔라로부터 '스캐닝의 각인'을 받았다.

그것은 대상자가 '스캐닝'이라는 기술을 쓸 수 있도록 영혼에 각인을 새기는 신성 마법이었다.

하지만 나를 비롯해서 스캐닝의 각인을 받은 모든 인류는 목표의 '기본 능력치'밖에 볼 수 없었다.

물론 당시엔 그거라도 보이는 게 대단하다고 생각했다.

하지만 지금은 기본 능력은 물론 특수 능력의 스텟까지 알아낼 수 있게 되었다.

심지어 목표의 이름과 레벨과 종족까지 보였다. 거기에 정체불명의 다른 능력들까지.

"스캐닝 능력은 왜 갑자기 강해진 건가?"

램지가 물었다. 나는 무의식중에 시간을 거슬러 오르던 기억을 떠올렸다.

"회귀 중에 무언가 사건이 있던 것 같습니다. 저도 정확히는 모르겠습니다. 그 순간 무슨 일이 벌어졌는지."

나는 시공간을 초월했던 그 순간을 떠올리며 스스로의 능력치를 다시 스캔했다.

가장 큰 문제는 바로 '초월'이라는 능력이 새로 생겼다는 것이다.

초월: 시공간의 축복 ― 죽으면 5분 전으로 회귀. 하루 5회

다른 모든 건 설명해도 이것만큼은 램지에게 설명할 자신이 없었다.

시공간의 축복이라니…….

물론 이런 망할 세계에선 그 무엇보다 소중한 능력이라 할 수 있었다.

나는 이런 능력 없이도 전생에서 인류 최후의 생존자로 살아남았다.

하지만 여기선 회귀하자마자 죽어버렸다.

그리고 그때 한 번 죽어봤기 때문에, 5분 전의 현실에서 간수가 어딜 공격할지 미리 알았던 것이다.

결국 죽는 순간 5분 전으로 회귀한다는 것은 5분 후에 어떤 일이 벌어질지 미리 알 수 있다는 것이었다.

일종의 미래 예지였다.

만약 이런 능력이 새로 생기지 않았다면 나는 회귀하자마자 아무것도 못 한 채 영원히 죽어버렸을 것이다.

다만 '하루 5회'라고 표시된 걸 봐서는 횟수에 한계가 있는 것 같다.

물론 하루에 다섯 번 살아나는 것도 말도 안 되는 능력이다.

말 그대로 무언가 '초월'적인 힘이 개입하고 있는 것이 확실하다.

하지만 무얼 위해서?

"그래. 이쪽 세상엔 모르는 것 투성이지, 허허……."

램지는 헛웃음을 지으며 말했다.

"나도 레비그라스로 소환되면서 회복 마법을 쓸 수 있게 되었네. 하지만 어째서 그게 가능한지는 아직까지도 모르겠어. 신성 마법이라면 신에 대한 믿음 같은 게 있어야 할 텐데… 나는 무신론자거든. 이쪽 세계는 신을 믿지 않아도 신의 힘을 쓸 수 있는 건가?"

램지의 목소리엔 호기심과 탐구심이 가득했다.

그리고 난 그것이 마음에 들었다. 그것은 귀환자들과의 전쟁으로 피폐해진 전생의 인류에게 사라져 버린 열정이었다.

물론 램지는 모른다.

정말로 세상이 멸망한다는 것이 무엇인지.

그리고 지구상에 마지막으로 남은 인류가 된다는 것이 어떤 기분인지.

그것을 알게 된다면 그 역시 마음의 열정을 잃고 식어버릴지 모른다.

하지만 당장은 그런 인간이 내 곁에 있다는 사실이 좋았다. 램지는 한참 동안 혼잣말을 중얼거리다, 이내 피곤한 듯 코를 골며 잠에 빠졌다.

덕분에 혼자가 된 나는 나 자신에 대해 좀 더 깊이 파고들기 시작했다.

일단 퀘스트라는 것이 궁금했다.

그것은 새로운 스캐닝 능력으로 떠오른 스탯창의 가장 아래쪽에 생긴 새로운 능력이었다.

퀘스트1: 회귀의 반지를 파괴하라(최상급)

퀘스트2: 레비그라스 차원에서 처음 30일을 생존하라(하급)

퀘스트3: 특수 능력을 습득하라(하급)

퀘스트4: 레벨을 높여라(하급)

문장만 봐서는 능력이라기보다는 목표 같다.

물론 내가 세운 목표는 아니다.

그렇다면 누군가 내게 임무를 내리고 있는 걸까?

내게 '시공간의 축복'을 내려준 그 무언가가?

'그건 대체 뭐였을까?'

나는 감은 눈을 찌푸리며 생각했다.

회귀 도중, 무언가 압도적인 존재와 조우했다.

그리고 회귀에 성공하자 전에 없던 능력이 생겼다.

그렇다면 그 존재가 내게 능력을 주었다고 추측할 수 있다.

그렇다면 그것이 내게 능력을 준 이유가 '퀘스트'로서 스텟창에 표시되는 게 아닐까?

나는 한동안 생각에 잠겼다.

첫 번째 퀘스트만 보아도 모순적이었다.

회귀의 반지 덕분에 나는 과거로 회귀할 수 있었다. 그런데 그걸 파괴하라니…….

그런데 실제로 파괴하면 무슨 일이 벌어질까?

그리고 파괴하지 않는다면?

내게 생긴 능력의 이름은 '시공간의 축복'이다.

그렇다면 퀘스트를 준 것도 시공간이 아닐까?

퀘스트를 거부하면 시공간이 내게 저주를 내리는 건가?

그것은 대단히 어이없는 이야기였다.

하지만 동시에 매우 직관적인 해석이었다.

회귀 중에 내가 만난 것은 바로 시공간 그 자체였던 것이다.

그리고 시공간은 내가 회귀의 반지를 파괴하길 원한다.

어째서…….

하지만 이번에는 오래 생각할 수 없었다. 나는 휘몰아치는 졸음에 몸을 맡기며 긴 숨을 내쉬었다.

*　　　　*　　　　*

푹!

정체불명의 소리와 함께 가슴 쪽에서 강렬한 통증이 느껴졌다.

"하옥……."

난 신음 소리를 내며 눈을 떴다.

어둠 속에서 누군가 뾰족한 걸 쥐고 날 노려보고 있었다.

"레너드, 이 자식… 네가 바로 악마야!"

남자는 이해 못 할 소리를 하며 그 뾰족한 걸로 내 가슴을 미친 듯이 내려찍었다.

푹!

푸욱!

푸욱!

한번 내려찍을 때마다 피분수가 짧게 솟구쳤다.

나는 끔찍한 고통과 함께 의식이 흐려지는 걸 느꼈다.

이건 또 무슨 개 같은 상황이지…….

*　　　　*　　　　*

"헉!"

난 갑자기 눈을 뜨며 잠에서 깨어났다.

난 여전히 수용소의 가장 안쪽에 있는 방의 침상 위에 누워 있었다.

주변은 한밤중인 듯 캄캄했다.

나는 재빨리 스스로의 상황을 확인했다.

나는 문주한이다.

이곳은 일명 '판타지 차원'으로 불리는 레비그라스다.

나는 멸망한 인류를 구하기 위해 24년 전으로 회귀했다.

사실은 20년 전의 내 육체로 돌아올 생각이었다. 하지만 예상치 못한 변수가 발생한 덕분에, 이곳에 있던 레너드라는 인간의 몸으로 전생해 버렸다.

그리고 한밤중에 괴한의 기습을 받고 죽었다.

하지만 내겐 시공간의 축복이라는 초월적인 능력이 있다. 덕분에 죽으면 5분 전으로 회귀한다.

즉, 나의 죽음은 정황상 5분 후의 미래에 벌어질 일이었다. 난 순간적으로 정신이 번쩍 드는 걸 느끼며 몸을 일으켰다.

드르렁······.

램지는 여전히 코를 골며 자고 있었다. 나는 심호흡을 하며 닫혀 있는 문을 노려보았다.

'레너드, 이 수용소에 네게 원한을 가진 자가 있나?'

나는 스스로에게 물었다.

하지만 레너드의 기억은 용의자를 추려내지 못했다. 수용소에 있는 지구인들은 대부분 레너드를 얕보고, 도구로써 이용할 뿐이었다.

반대로 말하자면 누군가에게 증오를 살 만한 존재조차 되지 못하는 것이다.

'하지만 누군가 널 증오하고 있어. 너보고 악마라고 하면서 마구 찔러댔다고. 누구지? 왜 그런 거지?'

나는 대답 없는 레너드에게 계속 질문을 하며 긴장을 높였다.

그런데 뭔가 눈앞에 떠 있었다.

3.

그것은 숫자 3이었다.

그것이 시야의 오른쪽 아래 작게 표시되어 있었다. 나는 손으로 허공을 훑으며 그것이 내 눈에만 보이는 표시라는 걸 확인했다.

이건 뭘까?

스캐닝을 쓰지도 않았는데 숫자가 보이다니?

"아……."

잠시 후, 나는 그제야 내가 지금까지 두 번 죽고 다시 살아났다는 것을 깨닫고 탄식했다.

'이제 목숨이 세 번 남았다는 건가? 스캐닝을 따로 안 해도 알 수 있도록 경고해 주는 건가?'

그렇다면 매우 친절한 능력이었다. 나는 램지가 깨지 않도록 침대에서 천천히 몸을 일으키며 생각했다.

상대가 평범한 인간인 이상, 미리 대비하고 있으면 충분히 대처할 수 있다.

비록 육체는 수용소에서 두 번째로 약한 레너드의 것이었지만, 그렇다고 사람 하나 못 죽일 정도로 약한 건 아니다.

그리고 내겐 그 정도로 충분했다.

전투는 실전 경험과 집중력과 무자비함으로 결판나는 것이니까.

그리고 잠시 후, 문 너머에서 인기척이 느껴졌다.

'온다.'

나는 호흡을 멈췄다.

동시에 문이 천천히 열리며 누군가 방 안으로 들어왔다.

"……."

그자는 방에 들어오자마자 왼편에 있는 내 침상을 향했다. 그러고는 침상이 비어 있는 것을 확인하고는 영어로 중얼거렸다.

"왜 없지? 역시 레너드 이놈은……."

그 순간, 난 텅 빈 녀석의 뒤를 덮치며 팔뚝으로 목을 감았다.

"컥!"

동시에 매미처럼 녀석의 등에 매달리며 뒤쪽으로 목을 당겼다.

"크, 크악!"

외마디 비명과 함께 녀석의 몸이 뒤로 넘어갔다.

쿵!

두 사람 분의 충격이 등을 타고 번진다. 난 억지로 통증을 참으며 휘감은 팔의 손을 반대편 겨드랑이에 끼웠다.

"허, 허윽!"

미친 듯이 뛰는 녀석의 맥박이 팔을 타고 느껴졌다.

잠시 버둥거리던 녀석은 이내 맥이 풀리며 축 늘어졌다.

죽었다.

이런 상황에서 나를 죽이려 했던 자는 살려둘 필요가 없다.

살려두면 두고두고 후환이 생길 테니까.

나는 몸을 일으키며 심호흡을 했다. 그리고 재빨리 몸을 돌리며 열려 있는 문을 노려보았다.

그곳엔 또 다른 남자가 버티고 서 있었다.

'동료가 있나?'

"흠, 혹시나 해서 따라왔더니……."

남자는 어둠 속에서 나지막한 목소리로 말했다.

"다시 봤다, 레너드. 너도 생각보다 한가락 하는 놈이었군."

"누구지?"

"빅터다."

남자는 짧게 대답하며 방 안으로 들어왔다.

"에릭손의 정신이 이상해지고 있던 건 너도 눈치챘겠지? 이 녀석은 널 악마나 적의 끄나풀이라 의심하기 시작했다."

순간 머릿속에 에릭손이라는 남자의 기억이 떠올랐다. 하지만 레너드가 기억하는 에릭손은 그저 헛소리를 중얼거리는 미친놈일 뿐이었다.

나는 영문을 모르겠다는 얼굴로 고개를 저었다.

"악마? 적의 끄나풀? 대체 무슨 소리를……."

"1번 타자로 한 달 이상 버틴 건 너 하나뿐이니까."

빅터는 죽은 남자의 몸을 살폈다. 그리고 손에 쥐고 있던 흉기를 빼내며 말했다.

"같은 방을 쓰던 테즈가 죽은 게 결정적이었던 모양이야. 더 이상 제정신을 유지할 수 없던 거겠지."

"당신은……."

"나? 나는 상관없어. 자다가 인기척이 느껴져서 깼을 뿐이니까."

빅터는 어둠 속에서 어깨를 으쓱였다.

"언제나 말했다시피, 난 이런 짓을 말릴 생각은 없다. 도울 생각도 없지만. 그래도 혹시나 영감이 다치면 곤란하니 따라왔다."

"빅터… 자넨가?"

그때 잠에서 깨어난 램지가 조심스럽게 물었다. 빅터는 우아한 자세로 램지에게 인사를 하며 말했다.

"잠을 깨워서 미안하군, 영감. 사죄의 뜻으로 뒤처리는 내가 하도록 하지."

"무슨 뒤처리를… 혹시 그거 에릭손인가?"

"이젠 아니야."

빅터는 에릭슨의 시체를 질질 끌고 나가며 말했다.

"죽은 고깃덩이에 사람의 이름은 필요 없지. 그럼 좋은 꿈 꿔라, 레너드."

빅터는 캄캄한 복도 너머로 사라졌다. 나는 마른침을 삼키며 빅터에 대한 기억을 떠올렸다.

빅터는 대장이다.

바로 여기, 수용소의 대장.

레너드의 기억에서 빅터에 대한 두려움과 존경이 동시에 느껴졌다. 그는 무법천지가 될 뻔한 이 수용소에 최소한의 질서를 가져다준 인간이었다.

"레너드, 아니, 주한? 방금 무슨 일이 있던 건가?"

어둠 속에서 램지가 물었다. 나는 눈을 감으며 작은 목소리로 대꾸했다.

"누가 절 죽이러 와서 대신 죽였습니다."

"아⋯ 그렇군. 알겠네. 그럼 다 끝난 건가?"

"그런 것 같습니다."

"다행이군. 그럼 잘 자게."

그러자 램지가 다시 침상에 눕는 소리가 들렸다.

노인의 반응은 예상보다 담백했다.

덕분에 난 레너드의 기억을 읽을 필요도 없이, 수용소에서 이런 일이 얼마나 자주 벌어졌는지를 짐작할 수 있었다.

그렇게 과거로 회귀한 첫날이 지나갔다.

나는 첫 날부터 두 번 죽고, 한 명을 죽였다.

나는 눈을 감아도 여전히 보이는 '3'이라는 숫자에 잠을 설치며 생각했다. 원래 계획과는 너무도 큰 차이가 있는 인생이라고……

회귀의 반지를 끼기 직전의 난 43살이었다.

계획대로라면 20년 전으로 돌아가, 아직 23살이었던 내 몸을 가지고 역사를 바꾸기 시작했을 것이다.

하지만 현실은 24년 전으로 돌아갔다.

심지어 내 육체로 돌아간 것도 아니다. 나와는 아무 상관 없는 레비그라스 차원으로 소환된 귀환자의 몸을 차지해 버렸다.

지금 지구에 있는 19살의 나는 어디서 무엇을 하고 있을까?

잠에서 깨어난 나는 그런 쓸데없는 생각을 하며 방을 나와 복도를 걷기 시작했다.

마침 비슷한 시간에 일어난 노예들도 복도로 나오며 밖을 향해 걸어가고 있었다.

'저 녀석은 스카다. 몇 달 전에 시비를 걸면서 레너드의 얼굴에 주먹을 날렸지. 그리고 저 녀석은 빅맨이군. 이 수용소에서 저 녀석에게 맞아 죽은 녀석만 열 명이 넘는다. 주의해야 할 녀석이다. 그리고 저놈은……'

나는 레너드의 기억을 하나씩 떠올리며 노예들의 얼굴을 새삼스럽게 기억했다.

지금 이 시점에서 나는 절대로 다른 노예들의 심기를 거스르면 안 된다.

이곳에 있는 대부분은 정상처럼 보여도 정상이 아니다. 조금만 잘못돼도 목숨을 건 참극이 벌어진다.

물론 내가 들어온 이상, 레너드라 해도 일대일로 지진 않을 것이다.

하지만 어젯밤에 벌어진 일을 생각하면 몸을 사려야 한다. 쓸데없이 주목받는 건 결코 바람직하지 않다.

아무리 내게 다섯 번의 기회가 있다 해도 말이다.

'그러고 보니 어젯밤에 눈에 보이던 3이란 숫자가 사라졌는데……'

나는 시선의 오른쪽 아래를 살피며 생각했다.

아무래도 아침을 기준으로 하루가 리셋되는 모양이었다.

기회가 다섯 번 남았을 때는 아무것도 안 보인다. 숫자는 세 번까지 줄어들어야 표시된다.

분명 여기서부터 주의하라는 경고의 뜻일 것이다.

수용소 밖으로 나오자, 쨍쨍한 태양과 함께 수십 명의 노예가 주변의 공터에서 운동을 하며 몸을 푸는 것이 보였다.

그 어떤 강제도 없는데 노예들이 알아서 몸을 단련하며 운동을 하고 있다.

처음부터 이러진 않았다.

하지만 몸이 약하면 '진짜 훈련'에서 죽게 된다. 덕분에 쉬는 날에도 다들 알아서 운동을 하기 시작했다.

모두들 죽지 않기 위해 단련을 하는 것이다.

나는 최대한 몸을 움츠리며 공터에 있는 거대한 나무통을 향해 걸음을 옮겼다.

이 나무통은 물통이다.

노예들이 마실 물과 씻을 물을 전부 여기서 해결한다. 방마다 하나씩 주어진 커다란 바가지를 가지고 방으로 퍼 가도 된다.

물통의 크기는 덩치 큰 남자가 다섯 명쯤 들어가도 될 정도로 거대했다. 나는 물통에 매달린 바가지로 물을 퍼 마시며 레너드의 기억을 떠올렸다.

그것은 며칠마다 한 번씩 간수들이 거대한 항아리를 들고 물통에 물을 채우는 광경이었다.

'항아리의 크기로 보면 대략 300리터쯤 들어가겠군. 그렇다면 간수들은 300㎏의 중량을 쉽게 들고 움직일 수 있다는 거다.'

나는 레너드의 기억과 나의 상식을 결합하며 간수들의 힘을 측정했다.

그때 덩치 큰 흑인이 옆으로 다가오며 어깨를 건드렸다.

"잘 잤나, 레너드? 오늘도 날씨가 화창하군."

목소리만 들어도 어젯밤에 다녀갔던 빅터라는 것을 알 수 있었다.

빅터는 이곳의 모든 노예처럼 덩치가 컸다. 차이가 있다면 비교적 잘생겼고, 표정에서 카리스마가 느껴졌다.

나는 고개를 끄덕이며 답했다.

"덕분에 잘 잤습니다, 빅터. 어젯밤의 '그건' 어떻게 했습니까?"

"언제나처럼 알아서 잘 처리했지. 난 이걸 전해주러 왔어. 승자는 패자의 전리품을 가질 권리가 있지."

빅터는 내 손에 무언가를 쥐여준 다음 손을 흔들며 돌아갔다. 그것은 동물의 뼈를 깎아 만든 송곳이었다.

어젯밤 내 숨통을 끊어버린 바로 그 무기일 것이다.

물론 형편없는 무기였지만, 여기선 이런 것도 귀중품이다.

지금까지 이 수용소에서 죽은 200여 명의 노예 중에 30퍼센트는 노예들끼리 서로 죽인 것이다.

그것도 빅터가 있었기에 그나마 억제된 숫자였다. 나는 빅터의 뒷모습을 보며 그의 능력치를 스캔했다.

이름: 빅터 커시
레벨: 1

종족: 지구인

기본 능력
근력: 26
체력: 27
내구력: 24
정신력: 32
항마력: 0

특수 능력
오러: 0
마력: 0
신성: 0
저주: 21
각인: 없음

'기본 능력이 훌륭하군.'

물론 평범한 인간의 기준으로 봐서 그렇다는 말이다.

스텟은 당연히 높으면 높을수록 좋다.

하지만 우리가 정한 것이 아니었으므로 높다는 것의 기준이 어디에 있는지는 알 수 없었다.

그저 평범한 성인 남성을 기준으로 평균적인 기본 능력치가 10 정도라는 것만은 확실했다.

하지만 레비그라스인인 간수의 근력이 130이라 해도 그가 성인 남자보다 13배 강하다는 건 아니다.

난 송곳을 뒷주머니에 꽂았다. 그리고 돌무더기가 쌓여 있는 근처의 공터로 걸음을 옮기며 생각했다.

스캐닝을 통해 보이는 기본 능력치는 실제로는 그렇게 단순하지 않다.

각인 능력을 가진 전향자가 스캐닝 능력을 전수해 준 이후로, 인류 연합은 스캐닝에 표시되는 능력치에 대해 수많은 연구를 거듭했다.

덕분에 '근력'이란 스텟이 실제로는 힘과 속도를 합쳐서 계산한다는 것을 알아냈다.

또한 개개인의 '숙련도'가 근력에 영향을 주지 않는다는 것도 알아냈다.

서로 동일한 근력을 가지고 있다 해도, 무술을 배웠거나 실전 경험이 풍부한 사람이 그렇지 않은 사람을 가볍게 제압한다.

그래서 내가 레너드의 몸을 가지고도 이곳의 강력한 노예들을 쓰러뜨릴 수 있는 것이다.

문제는 숫자 자체가 가지고 있는 의미였다.

근력이 20인 인간이 근력이 10인 인간보다 정확히 두 배 더 무거운 것을 들 수 있거나, 혹은 두 배 더 빠르게 움직일 수 있는 건 아니다.

하지만 어떤 경우는 숫자의 배수보다 오히려 더 높은 효율을 보이기도 했다.

특히 내구력이 그랬다.

인류가 가진 내구력의 한계는 25 정도라고 추정된다.

물론 25라 해도 인간이 피부로 총알을 튕겨내는 건 불가능하다.

하지만 내구력이 50으로 표시되는 귀환자는 실제로 총을 맞고도 피부가 뚫리지 않았다.

스텟으로는 정확히 두 배다. 하지만 실제로는 수십 배에 달하는 내구력을 가지고 있는 것이다.

나는 바닥에 놓인 머리통만 한 돌덩이를 집어 들고 운동을 시작했다.

물론 이런 운동으로는 인류가 가진 한계를 돌파할 수 없다.

전생의 인류 연합은 인류의 기본 스텟이 35를 넘기지 못한다는 연구 결과를 발표했다.

심지어 내구력은 좀 더 낮아서 25가 한계다.

하지만 정신력은 다르다. 인류 연합은 스캐닝을 통해 보이는 정신력의 한계가 100 정도라고 추측했다.

그런 의미에서 보면 같은 방을 쓰는 램지의 정신력 '85'는 인류의 한계에 근접한 대단히 높은 수치였다.

램지는 3개월만에 한국어를 마스터할 만큼 천재였다.

물론 지능이 정신력에 큰 영향을 끼치는 건 확실하다. 하지만 정신력엔 지능 말고 다양한 것들도 포함되어 있다.

만약 머리가 나쁘다 해도 인내력이나 상상력이 높으면 정신력 스텟은 꽤나 높게 나온다.

"흐어! 흐어! 흐어! 흐어······."

10미터쯤 떨어진 곳에서 덩치 큰 백인이 바위를 들었다 놨다 하며 운동을 하고 있었다. 나는 그보다 작은 바위로 똑같이 운동을 하며 땀을 흘렸다.

지금 내가 하는 건 그저 눈속임일 뿐이다.

오러를 수련하기 시작하면 틀림없이 강해질 것이다.

하지만 갑작스럽게 강해지면 의심을 살 것이다. 그리고 개중엔 두려움을 느끼고 어젯밤처럼 기습을 감행하는 녀석이 생길지도 모른다.

그런 상황을 피하기 위해 최소한 이렇게 노력하는 모습이라도 주위에 보여주는 것이다.

물론 언젠간 반드시 들통날 것이다. 하지만 그때까지 조금이라도 시간을 벌 수 있으면 충분했다.

"요! 병신 레너드! 오늘은 웬일로 웨이트를 하고 있냐?"

옆에 있던 백인이 바위를 바닥에 던지며 소리쳤다.

나는 낑낑대며 힘겹게 대답했다.

"가, 강해지려고!"

"뭐? 하! 해가 서쪽에서 뜨겠구만. 뭐, 잘해봐라."

남자는 손사래를 치며 물통이 있는 곳으로 걸어갔다. 나는 들고 있던 돌덩이를 바닥에 내려놓으며 생각했다.

왜 여기 인간들은 레너드의 이름 앞에 '병신'이라는 칭호를 붙이는 걸까?

동시에 레너드의 지우고 싶은 흑역사가 떠올랐다.

레너드는 처음 여기 왔을 때 실제로 병신 흉내를 냈다.

그는 여기가 일종의 군대와 같은 시스템으로 돌아간다고 생각했다.

그래서 입대할 때 신체검사에서 빠질 요량으로 병신 흉내를 냈던 것이다. 물론 금방 그게 아니란 걸 알아채고 그만뒀지만……

"레너드… 너란 녀석은 대체 어디까지……"

난 씁쓸한 기분을 느끼며 중얼거렸다.

순간적으로 '왜 하필 이런 녀석의 몸으로 회귀한 거냐?'란 불만이 치솟았다.

하지만 달리 보면 좋은 일이기도 하다.

함께 지내는 지구 출신의 노예들은 물론, 레비그라스의 간수들까지 모두 레너드를 바보 취급하고 있다.

그 자체로 훌륭한 위장이 되어줄 것이다.

어지간한 일이 벌어지기 전까진 아무도 날 의심하지 않을 테니까.

*   *   *

방으로 돌아온 나는 먼저 스스로의 능력치를 스캔했다.

이름: 레너드 조
레벨: 1

종족: 지구인

기본 능력
근력: 17
체력: 26
내구력: 14
정신력: 78
항마력: 0

특수 능력
오러: 0
마력: 0
신성: 0
저주: 11
각인: 스캐닝(상급) — 목표의 모든 정보를 확인할 수 있다. 각
특수 능력의 효과도 확인 가능
초월: 시공간의 축복 — 죽으면 5분 전으로 회귀. 하루 5회
퀘스트1: 회귀의 반지를 파괴하라(최상급)
퀘스트2: 레비그라스 차원에서 처음 30일을 생존하라(하급)
퀘스트3: 특수 능력을 습득하라(하급)
퀘스트4: 레벨을 높여라(하급)

스텟 중에 정신력만 특별히 높은 이유는 그의 정신을 담당

하는 것이 나의 영혼이기 때문이다.

과거로 회귀하기 전, 내 정신력의 최대치가 78이었다.

아무래도 정신력만큼은 육체를 차지하고 있는 영혼에 따라 달라지는 모양이었다.

신경 쓰이는 건 '저주'라는 스텟이었다.

어째서인지 레너드의 저주 스텟이 활성화되어 있다.

11이라는 수치가 얼마나 높은 건지는 모르지만, 일단은 염두에 둘 필요는 있었다.

나는 전생의 기억을 떠올렸다.

그것은 인류가 귀환자의 습격으로부터 격렬히 저항하던 2020년대 중후반부터 벌어진 일이었다.

대부분의 귀환자는 오러나 마력을 다뤘다.

하지만 그중엔 좀 더 특별한 힘을 다루는 자들도 있었다.

그중 하나가 신성 마법이었고, 또 다른 것이 저주 마법이었다.

'전향자들도 저주 마법에 대해선 정확히 알지 못했다. 그저 귀환자 중에 저주 마법을 쓰는 놈들이 있었고… 우린 거기에 속수무책으로 당할 뿐이었지…….'

저주 마법은 말 그대로 상대에게 저주를 거는 마법이다.

강제로 공포나 적개심 같은 감정을 일으키거나, 혹은 끔찍한 고통을 느끼게 만든다.

이건 방어가 안 되기 때문에 상대하기 무척 까다로웠다. 개중에는 1개 사단 전체에 공포의 저주를 걸어 손 한번 대지 않고 무력화시켰던 귀환자도 있었다.

물론 나도 그런 마법을 쓸 수 있게 된다면 좋을 것이다.

하지만 내가 알고 있는 수련법은 '오러'에만 해당되는 것이었다. 신성 스텟과 저주 스텟을 어떻게 올리는지는 밝혀지지 않았다.

나는 수련을 위해 벽에 기대앉았다.

마침 밖으로 나갔는지 램지도 없었다. 수련의 시작인 명상을 위해 바람직한 환경이었다.

나는 마음을 비우며 생각했다.

오러의 근본은 마나다.

마나는 대기 중에 녹아 있는 특별한 힘이며, 그것을 체내로 받아들여 쌓으면 오러가 된다.

문제는 인간이 마나를 감지할 수 없다는 것이다.

그렇다고 방법이 없는 건 아니다.

중요한 건 상상력이다.

먼저 눈을 감고, 대기 중에 녹아 있는 마나라는 존재를 상상한다.

모양, 색, 크기, 형태는 정해져 있지 않다.

그저 자신이 가장 리얼하게 상상할 수 있는 형태면 충분하다.

나는 붉은색의 적혈구와 같은 형태를 떠올렸다.

대기 중에 적혈구처럼 생긴 마나가 끝도 없이 가득 차 있으며, 내가 호흡할 때마다 그것이 내 안으로 흘러 들어오는 것을 상상했다.

마치 혈관과 피처럼.

그것이 내 안에 쌓이며 뭉쳐서 더 거대한 적혈구가 되는 것을 상상했다.

그렇게 얼마나 시간이 지났을까.

"……."

나는 눈을 뜨고 스스로의 능력치를 스캔했다.

하지만 별 차이점은 없었다. 나는 아쉬움을 느끼며 고개를 저었다.

실패다.

방법이 잘못된 건가?

하지만 걱정할 필요는 없었다. 방법 자체는 아직 여러 개가 남아 있었으니까.

나는 심호흡을 하며 다시 생각했다.

방금 사용한 수련법은 전생에 인류 연합의 연구 팀에서 평균적으로 가장 효과가 좋았던 방식을 따라한 것뿐이다.

물론 효과가 가장 좋았다 해도 모든 실험자에게 똑같이 좋았던 건 아니다.

누구에게는 가장 효율적인 훈련법이 전혀 통하지 않았고, 반대로 아무에게도 반응이 없는 훈련법이 딱 한 사람에게만 통하기도 했다.

나는 마음을 가다듬었다. 그리고 실험자들에게 두 번째로 효과가 좋았던 훈련법을 시작했다.

상상력을 동원한다는 것 자체는 처음과 동일했다.

차이가 있다면 마나의 이미지를 적혈구가 아닌 끊임없이 움직이는 에너지라고 생각하는 것이다.

예를 들면 방전되는 전류처럼.

사방으로 뻗어나가는 노란빛의 미세한 전류가 온 세상에 가득 차 있다고 상상한다.

나는 호흡을 통해 그것을 체내로 받아들였다.

몸 안으로 들어온 전류는 마치 감전이라도 되듯 내부에서 흡수되어 몸 전체로 빠르게 퍼진다.

그리고 전류를 수용할 수 있는 그릇을 만들기 시작한다.

그것은 진짜 그릇처럼 형태가 있는 건 아니다.

그리고 그릇처럼 무언가를 담아놓기만 하는 것도 아니다.

마치 발전기처럼 스스로 에너지를 생성하기도 한다.

발전에 필요한 연료는 마찬가지로 마나였다.

말하자면, 나는 마나를 흡수해서 더욱 효율적으로 마나를 흡수할 수 있는 장치를 구축하는 것이다.

그때, 무언가 느낌이 들었다.

그것은 실제로 몸 안에서 벌어지는 변화였다. 덕분에 정신이 흔들릴 뻔했지만, 난 스스로의 생각에 푹 빠진 채 다시 한 번 마나의 흐름을 상상했다.

한번 몰입된 집중력은 쉽게 풀리지 않는다.

일단 몸 안에 어설프게나마 그릇의 형태가 만들어졌다.

그러자 처음보다 훨씬 수월하게 전류의 형태를 띤 마나가 몸 안으로 빨려 들어오기 시작한다.

그릇은 빨려온 마나를 새롭게 보관하기 시작했다. 그리고 마나의 양이 한계에 도달한 순간, 그것을 빨아들여 더 크고 강력한 그릇을 만들기 시작했다.

'이거야.'

나는 알 수 있었다.

능력치를 스캔할 필요도 없었다. 나는 이미 오러에 대한 적성을 깨웠다는 것을 확신했다.

몸 안의 그릇이 분명한 형태를 갖추며 더 크고 강해진다.

그리고 그 순간, 왼쪽 가슴에 격렬한 통증이 느껴졌다.

"아……."

난 신음 소리를 내며 눈을 떴다.

통증은 심장을 따라 온몸으로 퍼져 나갔다.

그것은 43년 동안 살아오면서 단 한 번도 느껴본 적 없는 격렬한 통증이었다.

심지어 몽둥이에 머리를 처맞고 죽었을 때보다 아팠다.

마치 온몸이 칼날로 만들어진 수천 마리의 벌레가 혈관을 따라 온몸으로 기어가는 듯한 통증이었다.

그 탓에 온몸이 마비된 듯 꼼짝도 할 수 없다.

입과 코에서 피가 쏟아졌다.

동시에 신경이 마비되기 시작했다.

잠시 후엔 아무것도 보이지 않았고, 또 잠시 후엔 아무것도 느껴지지 않았다.

결국, 난 내가 쏟아낸 피 웅덩이 위로 고꾸라지며 의식을 잃었다.

$$* \qquad * \qquad *$$

정신을 차렸을 때, 나는 내 안에 흡수한 마나를 빨아들이기 직전이었다.

'방금 죽은 건가? 죽어서 5분 전으로 다시 돌아온 건가?'

나는 정신이 혼란스러운 걸 느끼며 이를 악물었다.

대체 왜 죽은 걸까?

원인은 아직 알 수 없다.

다만 무언가 잘못되었다는 것만큼은 확실하다. 나는 일단 몸 안에 남은 마나를 다시 밖으로 내보내기 위해 생각을 집중했다.

하지만 먼저 만들어진 허술한 오러의 그릇이 그것을 쉽게 허용하지 않았다.

그릇은 내 의지와 상관없이 마나를 빨아들이려 한다.

나는 필사적으로 그 힘에 저항했다.

마나는 호흡을 통해 들어왔다.

그러니 다시 호흡을 통해 내보낼 수 있을 것이다.

내쉬는 숨에 섞어서 다시 코와 입으로 내보내면 된다.

그러자 그릇에 담겨진 마나가 다시 분리되며 서서히 위쪽으로 떠오르기 시작했다.

위쪽으로.

위쪽으로.

위쪽으로……

그렇게 시간이 얼마나 지났을까.

"쿨럭……"

갑자기 기침이 터져 나왔다.

동시에 대량의 혈액이 코와 입으로 쏟아졌다. 나는 의식이 빠르게 사라지는 걸 느끼며, 다시 한 번 무언가 잘못되었다는 것을 인식했다.

*   *   *

다시 정신을 차렸을 때, 나는 여전히 흡수한 마나를 빨아들이기 직전이었다.

'또 죽었어!'

내 안의 내가 절규했다.

나는 눈을 감아도 보이는 '3'이라는 숫자에 긴장하며 마른침을 삼켰다.

'진정해라, 주한. 아직 세 번 남았다.'

나는 스스로를 안심시키려 노력했다.

하지만 방법을 찾아내지 못한다면? 나는 또다시 같은 형태로 죽어버릴 것이다.

입에서 피를 토하며.

다행히 아직은 테스트할 게 남아 있었다. 육체의 주인인 레너드가 듣는다면, 남의 목숨을 가지고 테스트를 한다고 욕지거리를 내뱉을 것이다.

하지만 지금은 이게 내 몸이다.

나는 정신을 집중하며 새로운 방법을 떠올렸다.

문제는 지금 내 안에 받아들인 마나다.

이걸 전부 흡수할 경우, 처음처럼 부작용을 일으키며 죽게 된다.

부작용이 일어난 이유는 분명 '너무 많은 마나'를 흡수했기 때문일 것이다.

하지만 반대로 전혀 흡수하지 않아도 부작용으로 죽는 건 동일하다.

두 번째 부작용의 원인은 정확히 알 수 없다.

짐작할 수 있는 것은 일단 체내로 받아들인 마나를 다시 밖으로 돌려보내는 행위 자체가 인체에 심각한 부담을 준다는 것이다.

그렇다면 결론은 하나다.

나는 그릇에 담겨 있는 마나를 미세하게 구분해서 정확히 절반만 흡수할 수 있도록 조정했다.

대단히 추상적인 작업이지만, 그렇게 할 수밖에 없었다.

나는 그야말로 한계까지 집중력을 발휘했다.

덕분에 그 추상적인 작업을 기어이 해낼 수 있었다.

몸 안으로 받아들인 마나를 정확히 절반만 흡수했다.

그러자 왼쪽 가슴에 격렬한 통증이 느껴졌다.

"큭……."

난 입술을 깨물며 신음 소리를 냈다.

통증이 심장을 따라 온몸으로 퍼져 나간다.

처음 죽었을 때보단 약했지만, 그래도 견디기 힘든 끔찍한 통증이었다.

'또다시 실패한 건가?'

나는 스스로에게 물었다. 의식은 가물거렸지만, 아직 완벽하게 무너진 건 아니었다.

문제는 이게 선택의 기로라는 것이다.

내가 감당할 수 있는 결과는 오직 두 개뿐이었다.

성공.

혹은 완벽한 실패.

물론 완벽한 실패는 죽음이다.

반대로 어설픈 실패는 용납할 수 없다. 10분 정도 가까스로 목숨을 유지하다가 결국에 가서 죽어버리면 대책이 없다.

5분 전으로 돌아가 봤자 결국 죽음을 피할 수 없을 테니까.

그리고 그 순간 내 입에서 가느다란 핏물이 흘러나왔다.

그것은 어설픈 실패의 신호였다. 나는 일부러 남은 마나를 단숨에 빨아들이며 죽음의 길을 선택했다.

*   *   *

정신을 차리자마자 발견한 것은 붉은색으로 표시된 2라는 숫자였다.

벌써 세 번이나 죽었다.

하지만 두 번째 죽었을 때보다 심리적으론 오히려 더 양호했다.

왜냐하면 이번 죽음은 스스로 선택한 것이었으니까.

어차피 죽을 거라면 최대한 빨리 죽어야 한다. 그래야 완전히 새로운 길을 선택할 수 있다.

전생의 나는 항상 그런 것을 생각하며 살았다.

지휘관은 그래야 한다.

승산이 없으면 피해가 크더라도 퇴각해서 다음 기회를 도모해야 한다.

그리고 지금이 바로 다음 기회였다.

나는 몸 안에 받아들인 마나를 좀 더 잘게 나누며 생각했다.

방금 전에는 절반의 마나를 흡수했다가 실패했다.

그래서 이번에는 받아들인 마나의 4분의 1만 따로 분리해서 흡수할 계획이었다.

'기왕 잘게 쪼개는 거, 한 10퍼센트씩 쪼갤 수 있으면 참 좋겠는데……'

나는 아쉬움을 느끼며 호흡을 가다듬었다.

이건 결코 쉬운 일이 아니다.

한 번 할 때마다 엄청난 집중력이 소모된다. 내 정신력이 아무리 높다 해도 네 번 이상은 견딜 수 없을 것 같았다.

나는 세심하게 쪼갠 25%의 마나를 최대한 천천히 그릇 속으로 흡수했다.

그러자 허술했던 그릇이 천천히 커지며 견고해지는 것이 느껴졌다.

다행히 통증은 없다.

대신 온몸에 미세한 가려움이 생겼다.

물론 큰 문제는 아니었다. 나는 잠시 뜸을 들인 다음, 미리 쪼개놓은 또 다른 25%의 마나를 새롭게 그릇 속으로 흡수하기 시작했다.

이번에는 심장에서 통증이 느껴졌다.

'설마?'

순간적인 공포가 뇌리를 스치며 지나갔다.

하지만 이건 견딜 수 있는 통증이다.

신경에도 문제가 없고, 집중력도 여전히 유지할 수 있었다.

그냥 살짝 무리가 갔을 뿐.

다만 집중력 자체가 엄청나게 소모된 것만은 분명했다. 의식에 흐트러짐이 생긴 것만 봐도 알 수 있었다.

나는 정신을 한계까지 몰아붙였다. 그렇지 않으면 남은 마나의 흐름을 컨트롤할 수 없다.

간격을 둬야 한다.

너무 빠르게 새로운 마나를 흡수하면, 또다시 심각한 부작용이 생길지 모른다.

나는 견딜 수 있을 때까지 견뎠다.

그리고 도저히 견딜 수 없게 된 순간, 남은 마나의 절반을 흡수했다.

다행히 이번엔 통증이 없었다.

문제는 더 이상 집중력을 유지할 수 없다는 것이다.

어떻게든 시간을 끌다가 남은 마나를 흡수해야 하는데, 도저히 그 과정을 지연시킬 수가 없다.

그것은 마치 쏟아지는 졸음을 견뎌내는 과정과 비슷했다.

'빌어먹을…….'

나는 정신이 탈진되는 것을 느끼며 가까스로 몇 초를 더 버텨냈다.

그리고 결국, 최후의 남은 마나가 그릇 속으로 빨려 들어갔다.

동시에 좀 더 강한 심장의 통증이 느껴졌다.

하지만 참을 만했다.

그리고 잠시 후.

"하아아아아아……."

나는 길게 숨을 들이마시며 가까스로 눈을 떴다.

끝났다.

여전히 왼쪽 가슴 부근이 욱신거렸다.

하지만 죽음과는 거리가 먼 통증이었다. 나는 그 자세 그대로 앞으로 쓰러지며 가쁜 숨을 몰아쉬었다.

통증은 이내 사라졌다.

하지만 당장에라도 죽을 듯한 허기가 밀려왔다.

머리는 모기라도 들어온 듯 윙윙거렸고, 눈앞이 뿌옇게 흐려지며 의식이 가물거렸다.

그리고 그 순간, 닫혀 있던 문이 열리며 피부가 검은 노인이 방 안으로 들어왔다.

"응? 레너드! 무슨 일인가!"

램지가 깜짝 놀라며 소리쳤다. 나는 떨리는 입술을 떼며 가까스로 말했다.

"래, 램지 씨, 머… 먹을……."

"뭐? 뭐라는 건가?"

"먹을 걸……."

더 이상은 한 마디도 할 수 없었다. 다행히 램지는 내 상태를 알아채고는 자신의 침대 밑에 넣어둔 작은 상자를 꺼내기 시작했다.

"레너드! 자네 당뇨병이라도 있던 건가? 이건 누가 봐도 저혈당 쇼크 상태야!"

램지는 상자 속에서 작은 병을 꺼내 뚜껑을 열었다. 그리고 안에 들은 내용물을 내 입에 부어 넣기 시작했다.

그것은 꿀이었다.

벌꿀.

입안에 퍼지는 감미로운 단맛과 함께, 경련하듯 떨리던 몸이 빠르게 진정되었다.

"레비그라스에도… 벌꿀이 있었군요."

나는 의식이 맑아지는 것을 느끼며 겨우 말했다. 램지는 쓴웃음을 지으며 병뚜껑을 닫았다.

"말투를 보니 레너드가 아니군. 여전히 주한인가?"

"네. 앞으로 쭉 이럴 겁니다, 램지 씨."

"그렇군… 아, 물론 이쪽 세계에도 벌꿀이 있는 모양이네. 그런데 대체 무슨 일인가? 혼자 방에서 뭘 하고 있던 건가?"

"중요한 일을 하고 있었습니다. 네, 아주 중요한 일을 하고 있었죠. 남에게 밝힐 수 없는 그런……."

나는 어쩐지 웃음이 나려는 것을 참았다. 그리고 스캐닝을 통해 스스로의 특수 능력을 확인했다.

오러: 7

마력: 0

신성: 0

저주: 11

난 주먹을 움켜쥐며 나지막한 목소리로 중얼거렸다.

"좋았어……."

"음? 뭐가 좋았다는 건가?"

램지가 물었다. 나는 비틀거리며 몸을 일으켜 침대에 걸터앉았다.

"어젯밤에 말했던 오러를 수련했습니다."

"오? 그래서 성공한 건가?"

난 고개를 끄덕였다. 램지는 감탄과 의혹이 섞인 표정으로 날 바라보았다.

"정말이라면 대단하군. 그럼 지금 당장 강해진 건가?"

"당장은 아닙니다. 인류 연합은… 오러가 일정 이상 쌓였을 때 신체 능력이 폭발적으로 성장하는 것으로 예상했습니다."

"예상이라고?"

"네, 예상입니다. 실험자들 중에 실제로 그만한 오러를 쌓은 인간이 없었으니까요."

"음… 알겠네. 그럼 방금 했던 수련을 또 해야 한다는 건가?"

"네, 그래야겠죠."

"그럼 조심하게. 대체 수련으로 무슨 짓을 하는지는 모르겠네만, 내가 가진 꿀은 이게 전부니까 말이야."

램지는 텅 빈 꿀병을 흔들어 보였다. 나는 고개를 끄덕이며 심호흡을 했다.

없던 오러가 7이나 생겼다.

대신 체력과 정신력이 뚝 떨어졌다.

이것은 인류 연합의 연구에서도 밝혀내지 못한 새로운 사실이다.

오러를 습득한 순간, 체력과 정신력이 떨어진다.

물론 당연한 일이었다. 지구에선 아무리 훈련을 해도 단시간 내에 이런 대량의 오러를 습득할 수 없었으니까.

중요한 건 체력과 정신력은 시간이 지나면 최대치까지 회복이 된다는 것이었다.

그렇다면 결국 시간문제다.

물론 체력과 정신력이 뚝 떨어진 채로 이 삭막한 환경에서 살아남는 건 또 다른 문제였다. 나는 뒤춤에 꽂아 넣은 조그만 뼈송곳을 꺼내 가만히 노려보며 생각했다.

이곳에선 지구의 인간도 강력한 오러를 습득하는 것이 가능하다.

방금 내가 직접 증명했다.

물론 그때까지 생존할 수 있는지는 또 다른 문제였지만……

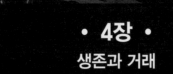

· 4장 ·
생존과 거래

정신력 10을 소모했을 때, 오러 스텟이 1이 생긴다.

그것은 간단한 산수였다. 정신력 70이 떨어지고 오러가 7이 생겼으니까.

물론 실제 공식은 훨씬 복잡할 것이다.

그리고 스텟이 오를수록 다른 공식이 적용될지도 모른다.

하지만 지금의 나는 그런 복잡한 생각을 떠올리기 힘들었다.

'정신력이 떨어지니 집중이 쉽지 않군……'

나는 침상에 누워 계속 휴식을 취했다.

램지 씨가 고깃덩어리를 가져다준 덕분에 나는 방에서 저녁을 먹을 수 있었다.

오러 수련 직후, 8까지 떨어졌던 정신력은 저녁 식사 후에

28까지 회복되었다.

10까지 떨어졌던 체력도 15까지 회복됐다.

하지만 아직 밖에 나가는 건 위험하다.

위험천만한 노예들을 상대로 내가 우위를 가진 것은 오직 정신력뿐이었으니까.

나는 스스로의 능력치를 스캔하며 생각했다.

수련으로 오러를 쌓을 수 있게 된 건 좋지만, 정신력의 소모 또한 너무 높다.

그리고 이런 회복 속도라면 최소한 사흘은 지나야 다시 오러를 수련할 수 있을 것이다.

사흘은 너무 느리다.

나는 부정적인 생각에 사로잡혔다.

스텟창으로 얼마나 높여야 오러 유저가 될 수 있는지도 모르는 상황에서 사흘마다 오러를 7씩 높이는 건 너무 느렸다.

오러 유저(Aura user).

그것은 오러의 힘을 제대로 쓸 수 있게 되는 최초의 단계를 부르는 칭호였다.

나는 전생의 기억을 떠올렸다.

레비그라스 차원에서 돌아온 귀환자들의 7할은 오러를 다루는 전사였다.

하지만 같은 전사라도 단계가 있었다.

가장 낮은 단계가 붉은빛의 오러를 발산하는 '오러 유저'였고, 가장 높은 단계가 보라색의 오러를 발산하는 '소드 마스터'

였다.

처음엔 어째서 칭호가 오러 유저에서 소드 마스터로 변하는지 궁금했다.

물론 이유는 있었다.

일정 단계까지는 맨몸으로 오러를 쌓아도 상관없다.

하지만 전향자들의 정보에 따르면, 어떤 한계를 넘으려만 반드시 무기를 다뤄야 했다.

하지만 소드 마스터라 해서 꼭 무기가 칼만 되는 건 아니었다.

귀환한 소드 마스터들 중에는 창을 다루는 자도 있었고, 활을 다루는 자도 있었다.

다만 보편적으로 칼을 선택하기 때문에 칭호가 소드 마스터라고 굳어진 것 같았다.

물론 소드 마스터는 너무 먼 이야기였다. 당장은 최하 단계인 오러 유저 1단계부터 돼야 한다.

그것이 각성의 증거이며, 육체 능력이 급상승하는 기준이 된다.

"…그렇군. 오러라는 힘은 단계가 매우 세분화되어 있는 모양이야."

램지가 고개를 끄덕이며 말했다. 나는 설명을 마치며 짧은 한숨을 내쉬었다.

"그렇습니다. 아무튼 오러 유저의 첫 번째 단계를 달성하는 게 중요합니다."

"첫 단계라… 그럼 오러 유저는 몇 단계까지 있나?"

"오러 유저는 총 3단계까지 있습니다. 그 위가 소드 익스퍼트(Sword expert)인데… 이것도 3단계까지 있다고 합니다. 가장 마지막은 소드 마스터로 이건 그 자체로 마지막 단계입니다."

"총 7단계라는 말이군. 아, 그런데 잠시 기다리게."

레너드는 눈을 깜빡이며 물었다.

"좀 전에 오러 유저 1단계가 되면 몸에서 붉은빛의 오러를 낼 수 있다고 하지 않았나?"

"네, 그렇습니다. 오러를 직접 발동시키면 신체 능력이 더 상승하죠."

"그리고 마지막 단계인 소드 마스터는 보라색의 오러고?"

"네, 그렇습니다만?"

"그런데 단계가 모두 일곱 가지면… 설마 빨주노초파남보인가? 무지개색?"

램지는 갑자기 영어로 말하기 시작했다. 나는 쓴웃음과 함께 고개를 끄덕였다.

"그렇습니다. 좀 장난 같은 느낌도 들지만……."

"장난? 그럴 리가 있겠나. 이건 빛의 스펙트럼으로 보면 매우 당연한 논리라네. 자네, 빛의 스펙트럼이 뭔지는 알고 있겠지?"

"물론입니다. 빛을 파장에 따라 분해한 것이죠."

"그래. 파장이 짧을수록 더 강한 에너지를 가지고 있지. 붉은색이 가장 길고 보라색이 가장 짧아. 이걸 생각하면 오러의 색은 꽤 과학적인 결과라 할 수 있겠군. 가장 강력한 소드 마스터가 보라색의 빛을 내니 말이네."

그것은 기대 이상의 반응이었다. 비웃음을 예상했던 나는 환하게 웃으며 고개를 끄덕였다.

"그렇습니다. 저희 연구 팀도 그런 식으로 예상했습니다."

"자네가 바로 그 오러 연구 팀에 소속되어 있다고 했지? 과연… 아무튼 실험이 성공했다니 다행이네. 그런데 앞으로 몇 번이나 더 해야 각성할 것 같은가?"

"예상으론 일곱 번입니다. 확신하진 못하겠습니다만……."

나는 몸속에서 느껴지는 오러를 감지하며 생각했다.

당장 없던 오러가 생겼다.

이것이 일정 스텟 이상으로 쌓이면, 한 번에 능력치가 대폭 상승할 것이다.

마치 레벨 업처럼.

그런데 실제로 '레벨'이라는 단위가 존재했다.

과거의 스캐닝으로는 안 보였지만, 지금은 레벨까지 볼 수 있었다.

문제는 레벨 업을 위해 필요한 오러의 스텟이 몇이냐는 점이었다.

유일하게 스캔했던 간수의 오러가 52였다.

그렇다면 50을 넘기면 한 번에 확 오르는 것일까? 그렇게 생각했기 때문에 램지에게 일곱 번의 수련을 더 해야 한다고 말한 것이다.

문제는 지금 속도로 수련을 일곱 번 더 하기 위해서는 20일이 넘게 걸린다는 것이다.

20일이라는 숫자 자체는 아무것도 아니다. 하지만 4~5일에 한 번씩 간수들의 훈련이 반복된다는 것이 문제다.

그렇다면 20일 동안 적어도 네 번의 훈련을 더 받게 된다.

물론 나는 훈련에서 살아남을 것이다. 하루에 다섯 번씩 죽을 수 있으니까.

하지만 그 네 번의 훈련 동안 이 수용소에서 대체 몇 사람의 노예가 죽어 나갈까?

'어제도 다섯이나 죽었다. 단순 계산으로도 20명 이상이 죽을 거야……'

그것이 내가 가진 고민의 원인이었다.

물론 다른 노예들의 생사를 걱정하는 것은 아니다.

내가 걱정하는 건 이 수용소의 존폐 그 자체였다.

노예들이 계속 줄어들어도 여전히 지금과 똑같이 수용소를 유지할까?

물론 실제로 무슨 일이 벌어질지는 나도 모른다.

하지만 노예가 더 줄어들면 변화가 생길 가능성이 높다.

어쩌면 더 이상 각성자가 나올 가망이 없다고 보고, 남은 노예를 전부 학살할 수도 있다.

반대로 노예가 일정 숫자 아래가 되면 훈련을 그만두고 다른 일을 시킬지도 모른다.

훈련은 포기하고, 명색이 노예니까 어디 광산에라도 끌고 가서 채광을 시킬지도 모른다.

혹은 '최하급 노예 전사'답게 검투장 같은 곳에 보내서 죽을 때까지 싸우게 할 수도 있다.

뭐가 어찌 되었든 환경이 악화되는 건 매한가지다.

결국 시간의 변수를 최대한으로 줄이기 위해서라도, 나는 가능한 오러의 스텟을 빠르게 높일 필요가 있었다.

문제는 수련과 함께 뚝 떨어지는 정신력이다.

정상적인 방법으론 정신력을 빠르게 회복시킬 수 없다.

하지만 방법이 있을지도 모른다.

나는 오러 수련 직후, 탈진 상태에서 램지가 주었던 벌꿀의 맛을 떠올리며 고개를 끄덕였다.

                    *   *   *

수용소 옆에는 허름한 건물이 하나 추가로 붙어 있다.

얼핏 보면 창고처럼 생겼다.

하지만 실제로는 식당으로 사용하고 있다. 레너드의 기억에 따르면, 사흘에 한 번씩 간수들이 엄청난 양의 식량을 식당에 내려놓고 간다.

그리고 오늘이 바로 그날이다.

나는 아침부터 일찍 일어나 식당 근처를 서성거리며 간수들의 도착을 기다렸다.

배가 고파서 이러는 건 아니다. 단지 내 눈으로 식량이 오는 장면을 확인하고 싶었을 뿐.

그때 덩치 큰 흑인이 다가오며 어깨를 두드렸다.

"레너드, 아침부터 일찍 나왔군."

"빅터 씨."

수용소의 대장인 빅터였다. 빅터는 여유 있는 표정으로 식당을 둘러보며 물었다.

"이 아침부터 무슨 일이지? 혹시 '쟁탈전'을 생각하고 있나? 기왕이면 신선한 걸 얻고 싶어서?"

"아닙니다."

나는 즉시 고개를 저었다.

쟁탈전이 무엇인지는 레너드의 기억에 남아 있다.

그것은 '특별한 식량'을 획득하기 위해 노예들이 만든 일종의 게임이다.

간수들이 가져오는 식량 중에는 일부 특별한 것들이 섞여 있다.

그것은 정신적으로 피폐해진 노예들에게 있어 몇 안 되는 위안거리였다.

하지만 이것들은 모두 수용소의 대장인 빅터와 그의 측근들이 먼저 챙긴다.

만약 이것을 얻고 싶다면, 빅터의 측근과 일대일로 붙어 승리해야 한다.

이것을 '쟁탈전'이라 한다.

일반 노예가 쟁탈전에 승리하면 특별한 식량을 얻는 건 물론이고 빅터의 새로운 측근이 될 기회까지 얻을 수 있다.

그리고 당연한 이야기지만, 지금까지 레너드는 단 한 번도 쟁탈전에 참가한 적이 없었다.

빅터는 흥미롭다는 표정으로 내 몸을 살폈다.

"하지만 레너드, 너도 사실은 한가락 하는 녀석이지. 우리 애들과 싸워볼 만할 거 같은데? 전에 보여준 싸움은 인상적이었어. 그건 뭐였나? 뒤에서 목을 조르면서 그대로 넘어가 끝장을 내다니… 유도 같은 걸 배운 건가?"

"비슷한 겁니다."

나는 대충 얼버무렸다.

실제로 내가 배운 것은 인류 저항군 시절에 러시아 장교에게 배운 삼보였다.

삼보는 유도가 베이스인 러시아의 무술이다.

물론 귀환자를 상대로 맨손 무술 따위는 아무런 의미가 없다. 그저 운동 삼아 익힌 것뿐.

"그래. 뭔가 배우긴 배웠나 보군. 확실히 너는 사람들의 평가보단 훨씬 뛰어났지. '1번 타자'를 3개월 이상 버틴 것만 봐도 그래. 여기 있는 모두가 네 덕분에 목숨을 부지하고 있다 해도 과언이 아니야."

빅터의 후한 평가에 오히려 경계심이 느껴졌다. 나는 가볍게 웃으며 어깨를 으쓱였다.

"그 정도는 아닙니다. 운이 좋았죠."

"운도 실력이라는 말이 있지. 아무튼 난 네가 마음에 들어. 혹시 생각 있으면 미리 말해라. 밑에 한자리 나면 바로 끼워줄 테니까."

측근 자리가 생기면 거기에 넣어주겠다는 이야기였다. 나는 고개를 숙이며 감사를 표했다.

"감사합니다, 빅터. 하지만 제게 측근은 과분합니다."

"어째서? 이 지옥 같은 수용소에서 그나마 괜찮은 자리가 아닌가?"

"하지만 쟁탈전을 해야 하니까요. 저는 맞아 죽기 싫습니다."

"아! 그렇지. 내 밑으로 들어오면 쟁탈전을 해야 해."

빅터는 정말로 몰랐다는 듯 양손을 들며 말했다

"하지만 정말 변했어. 예전의 경박하던 너라면 앞뒤 안 가리고 미끼를 덥석 물었을 텐데 말이야. 대체 며칠 사이에 무슨 변화가 생긴 건가?"

'이자도 예리하군.'

나는 긴장을 감추며 고개를 저었다.

"저도 모르겠습니다. 최근 사람들이 자꾸 죽는 걸 보니… 생각하는 게 좀 달라진 것 같기도 합니다."

"확실히 죽음은 사람을 변하게 하지. 아무튼 개인적으론 좋은 변화라고 생각하네."

빅터는 내 어깨를 다시 두드렸다.

"나는 강한 사람이 좋아. 특히 이런 세상에선 말이지. 앞으로 자주 봤으면 좋겠군."

"어디 도망칠 수도 없는데요, 뭐. 보기 싫어도 자주 볼 수밖에 없습니다."

나는 씩 웃으며 어깨를 으쓱였다. 빅터도 웃으며 고개를 끄덕였다.

"그렇게 웃으니 예전의 너 같군. 그럼 나는 먼저 좀 챙길 게 있어서."

빅터는 몸을 돌렸다. 그러자 기다렸다는 듯이 세 명의 남자가 다가와 호위하듯 그의 주변을 감쌌다.

저들이 바로 빅터의 측근이었다.

하나같이 빅터에게 꿀리지 않는 거구의 남자들이다.

물론 이 수용소에 덩치가 작은 노예는 나와 램지뿐이었다.

하지만 그것을 감안하더라도, 저들이 그중에서 가장 강해 보이는 인간임엔 틀림없었다.

물론 그래봤자 인간일 뿐이지만.

마침 인간을 초월한 존재들이 다가오기 시작했다.

간수들이었다.

고대 이집트풍으로 차려입은 세 명의 간수가 각자 거대한 바구니를 짊어지고 식당 안으로 들어왔다.

바구니의 크기는 성인 남자 세 명이 들어가고도 남을 정도로 거대했다.

특히 첫 번째 바구니 안에 갓 삶은 고기가 매우 뜨끈해 보였다. 나는 본능적으로 침이 나오는 것을 느끼며 레너드의 기억을 되살렸다.

저것은 소고기다.

물론 확실한 건 아니다. 전에 고깃덩이가 아닌 '통구이'를 가져다준 적이 있어 대충 소와 비슷한 생물이라는 걸 추측했을 뿐.

어쨌든 바구니에 담긴 고기는 너무 많았다.

바구니의 크기로 봤을 때, 안에 가득 찬 고기의 중량은 못해도 400kg은 넘을 것이다.

그리고 저런 고기를 사흘에 한 번씩 가져다준다.

한 사람당 하루에 2kg의 고기를 먹는다 해도, 사흘 동안 먹을 수 있는 고기는 6kg에 불과하다.

그걸 40명이 먹어도 소비할 수 있는 건 240kg이다.

정확히는 37명이지만, 어쨌든 노예들이 전부 먹기엔 너무 많은 음식이라는 점은 마찬가지였다.

하지만 과거엔 전혀 달랐다.

처음 수용소에 도착했을 당시, 노예의 숫자는 250명이 넘었다.

그리고 그때도 지금과 똑같은 양의 음식을 가져다줬다.

40명에겐 너무 많은 음식이지만, 250명에겐 반대로 너무 적은 음식이다.

그리고 간수들은 노예들이 자기들끼리 무슨 짓을 하든 결코 간섭하지 않는다.

그래서 참극이 벌어졌다.

수많은 노예가 음식을 차지하기 위해 서로 죽고 죽였다.

그것은 끔찍한 지옥이었다.

나는 레너드의 기억을 떠올리는 것만으로도 당시에 그가 느꼈던 공포와 충격을 함께 맛볼 수 있었다.

수십 명의 인간이 단지 먹을 것 때문에 목숨을 걸고 싸우다 죽었다.

그리고 변화를 가져다준 것이 바로 빅터였다.

처음에는 빅터와 측근들이 힘으로 나서 음식을 몽땅 차지했다.

그런 후 모든 노예에게 공평하게 음식을 분배하기 시작했다.

빅터가 아니었다면, 우린 훨씬 빨리 전멸했을 것이다.

물론 지금도 전멸해 가고 있는 건 마찬가지였지만, 어쨌든 그때부터 지금까지 간수들이 가져다주는 음식량은 동일했다.

덕분에 이제는 너무 많아져서 굳이 분배할 필요도 없게 되었다.

잠시 후, 식당에 바구니를 내려놓은 간수들은 서로 무언가 대화를 나누다 밖으로 나갔다.

그러자 대기하던 빅터와 측근들이 재빨리 식당으로 들어갔다. 그들은 가장 먼저 세 번째 바구니에 놓여 있는 것을 챙기기 시작했다.

백인 측근이 작은 병을 재빨리 품속으로 집어넣는다.

나는 눈을 가늘게 뜨며 그 장면을 확인했다.

'저게 벌꿀인가?'

세 번째 바구니에는 언제나 벌꿀이 들어 있다. 그 밖에 빵이나 후추, 혹은 가끔씩 술이 들어 있을 때도 있다.

모두 빅터가 챙겨서 가끔씩 노예들에게 분배한다.

벌꿀만 빼고.

문제는 내게 필요한 것이 바로 벌꿀이라는 점이다.

그리고 레너드의 기억에 따르면, 벌꿀을 얻는 방법은 단 하나였다.

빅터에게 쟁탈전을 걸어 승리하는 것.

물론 램지가 가지고 있던 것처럼 특별한 경우도 있을 것이다. 이야기를 들어보니 한 달쯤 전에 빅터의 상처를 고쳐주고 선물로 받았다고 한다.

세 번째 바구니를 챙긴 빅터 일행은 여유 있게 첫 번째 바구니의 고깃덩이를 맨손으로 집어 먹기 시작했다.

나는 스스로에게 질문했다.

'혹시 빅터가 벌꿀을 좋아하나?'

다만 레너드의 기억에는 그런 내용이 없었다. 오히려 빅터가 꿀을 먹는 모습은 한 번도 본 적이 없을 정도였다.

물론 사람들 안 볼 때 방에서 몰래 먹을지도 모른다.

하지만 그것이 아니라면?

빅터 일행이 한 번에 챙긴 벌꿀 병의 숫자는 모두 다섯 개였다.

만약 처음부터 저것을 챙겨 지금까지 먹지 않았다면, 빅터의 방에는 엄청난 숫자의 꿀병이 쌓여 있을 것이다.

만약 그렇다면.

감옥에 갇혀 있는 죄수가 장기 보존할 수 있는 식량을 대량으로 쌓아놓는다는 것이 무엇을 뜻하는 걸까?

나는 마침 식당을 나서는 빅터의 측근 중 눈에 띄는 백인을 스캐닝했다.

이름: 커티스 캠벨
레벨: 1
종족: 지구인

기본 능력
근력: 26
체력: 26
내구력: 22
정신력: 27
항마력: 0

특수 능력
오러: 0
마력: 0
신성: 47
저주: 14
각인: 없음

나는 마음속으로 빙고를 외쳤다.
중요한 건 47로 표시된 신성 스텟이다.
물론 그게 정확히 어떤 의미인지는 모른다.
확실한 건 47이란 숫자는 회복 마법을 사용할 수 있는 램지의 신성보다도 높은 스텟이라는 것이다.

그리고 신성 마법 중에 회복 마법만 있는 건 아니다.

나는 전생에 귀환자들이 사용했던 다양한 신성 마법을 떠올리며 천천히 고개를 끄덕였다.

"그래… 어쩌면 그럴지도 모르겠어."

물론 확실한 건 아직 모른다.

아직은 확신할 만큼 심증이 잡히지 않았다. 나는 식당에 들어가 여전히 김이 나는 고깃덩이를 하나 집어 들며 생각했다.

'아직은 확실히 모르겠어. 하지만 빅터는 알고 있겠지…….'

*　　　　　*　　　　　*

첫 번째 바구니엔 고기, 두 번째 바구니엔 야채, 그리고 세 번째 바구니는 텅 비어 있었다.

나는 먼저 고기부터 잔뜩 먹었다.

맛은 그냥 소금 간으로 삶은 고기 그 자체였다.

돼지고기와 소고기의 중간 정도일까?

그다음으론 드레싱도 없는 생야채를 날로 씹어 삼키기 시작했다.

야채의 정체는 알 수 없었다. 익숙하지 않으면 먹기 힘든 맛일지도 모른다.

하지만 나는 먹을 만했다.

보존식과 합성 단백질로 끼니를 때웠던 전생에 비교하면, 이건 충분히 인간다운 식사였다.

그렇게 한참 먹고 있으려니 몇 명의 노예가 추가로 식당에 도착했다. 나는 슬쩍 식당을 빠져나오며 생각했다.

만약 간수들이 노예들을 학살하려 한다면, 간단히 음식에 독을 타면 될 것이다.

나는 쓴웃음과 함께 전생의 기억을 떠올렸다.

예전에 인류 저항군은 귀환자들을 독살해서 죽이려고 시도한 적이 있었다.

물론 안 통했다.

덕분에 인류 저항군은 오러라는 능력이 독에 대한 내성까지 준다는 또 하나의 쓸데없는 교훈만 얻을 수 있었다.

하지만 노예들은 손 한번 못 써보고 모조리 독살당할 것이다.

물론 주먹으로 패 죽여도 금방이겠지만…….

나는 걸음을 옮겨 돌무더기가 있는 곳으로 향했다.

그리고 보란 듯이 끙끙거리며 운동을 시작했다. 마침 아침밥을 먹으러 나온 노예들이 날 보며 비웃기 시작했다.

오늘 하루도 가벼운 눈속임으로 시작한다.

나는 금방 거칠어진 호흡을 가다듬으며 생각했다.

운동이 끝나면 곧바로 빅터의 방을 찾아갈 것이다.

빅터가 어째서 벌꿀을 모으는지는 아직 확실하지 않다.

하지만 나 역시 수련을 위해선 그가 가진 벌꿀이 필요했다.

난 들어 올린 돌덩이를 바닥에 집어 던지며 생각했다.

처음 오러를 수련하고 탈진했을 때, 78이었던 내 정신력은 8까지 급락했다.

그리고 어제 저녁까지 28로 회복했고, 잠을 잔 다음 오늘 아침에 식사를 마쳤을 때는 36까지 회복되었다.

그런데 여기엔 숨은 이야기가 있다.

탈진 직후에 램지가 준 벌꿀을 마셨을 때, 바로 그 자리에서 정신력을 23까지 회복한 것이다.

심지어 램지의 벌꿀병에 남은 꿀은 절반도 되지 않았다.

만약 한 병을 통째로 마셨다면 순간적으로 얼마나 회복되었을까?

"하지만 그게 정말 그렇게 직접적으로 연관이 될까……."

나는 혼잣말을 중얼거리며 스스로에게 물었다.

아무리 그래도 그냥 벌꿀이다.

무슨 게임에 나오는 포션 같은 마법 물약이 아니다. 그걸 먹는다고 정신력이 최대치까지 쭉쭉 회복될지는 모르는 일이다.

하지만 근본적으로 볼 때, 정신력은 결국 뇌가 가진 능력이다.

지능이든 집중력이든 상상력이든 간에, 모두 뇌가 만들어내는 힘이란 점에선 똑같다.

그리고 인간의 뇌는 오직 한 가지 에너지만을 연료로 사용한다.

포도당.

벌꿀은 그 자체가 포도당 덩어리다.

즉, 소모된 정신력의 회복엔 최고의 음식이라 할 수 있다.

꼭 마법처럼 기적적인 회복은 이뤄지지 않아도 상관없다. 어쨌든 충분한 양의 벌꿀만 확보할 수 있다면, 하루에 한 번씩 오러를 수련하는 것도 가능할지 모른다.

그것이 바로 나의 유일한 희망이었다.

나는 운동을 마치고 물을 마신 다음 다시 숙소 안으로 들어갔다.

이제는 협상을 할 시간이었다.

어쨌든 한 병이라도 새로운 벌꿀을 얻어내야 한다. 그래야 내가 생각한 가설을 증명할 수 있을 테니까.

*　　　　　*　　　　　*

빅터의 방은 찾기 쉬웠다.

유일하게 문 앞에 문지기가 지키고 서 있는 방이 바로 빅터의 방이다. 나는 빅터의 측근인 문지기에게 고개를 꾸벅이며 영어로 물었다.

"빅터를 만나고 싶습니다. 들어가도 될까요?"

"안 돼."

덩치 큰 히스패닉이 얼굴도 안 보고 대꾸했다.

"그럼 말이라도 전해주세요. 레너드가 말씀드릴 일이 있다고."

"흠, 병신 레너드인가?"

남자는 잠시 정면을 노려보다 헛기침을 했다.

"영감님은 잘 계시나?"

"램지 씨라면 잘 계십니다."

나는 대답과 동시에 그의 얼굴을 기억해 냈다.

도미닉.

바로 이틀 전에 램지에게 무릎을 치료받은 남자이며, 빅터의 측근 중에 가장 막내였다.

나는 도미닉을 바라보며 간절히 부탁했다.

"부탁합니다, 도미닉. 빅터에게 제가 할 말이 있다고 전해주기라도 해주세요."

"흠… 좀 물러나라."

도미닉은 가볍게 손을 내저었다.

그러고는 방문을 살짝 열고 안쪽에 무언가를 말하기 시작했다.

잠시 후, 허가가 떨어졌는지 도미닉이 날 보며 고개를 끄덕였다.

"좋아. 들어가라, 레너드."

"감사합니다."

나는 득달같이 빅터의 방으로 들어갔다.

빅터의 방은 나와 램지가 쓰는 방의 약 네 배 크기였다.

안에는 여섯 개의 침상이 일정한 간격으로 놓여 있었다.

그리고 방금 식당에서 보았던 세 명의 측근이 바닥에 둘러앉아 무언가를 만들고 있었다.

나는 홀로 침상 위에 앉아 있는 빅터를 향해 고개를 숙였다.

"안녕하십니까, 빅터."

"반갑군, 레너드. 대충 한 시간 만인가?"

빅터는 새삼스럽다는 듯 어깨를 으쓱였다. 나는 태연하게 방 안을 쓱 훑어본 다음 빅터의 얼굴을 마주 보았다.

방 안에는 꿀병이 안 보인다.

그렇다면 대체 어디에 보관하는 걸까?

"그래서 무슨 할 말이 있는 거지? 혹시 아침에 말한 자리가 나면 끼워준다는 말 때문인가?"

"아니요. 벌꿀이 필요합니다."

"뭐?"

순간 빅터가 눈을 크게 떴다.

동시에 앉아 있던 측근들이 낄낄거리기 시작했다. 빅터 역시 가볍게 웃다가 몸을 일으키며 말했다.

"하하, 그래. 벌꿀 좋지. 그런데 벌꿀을 얻으려면 뭘 해야 하는지 알고 있을 텐데? 쟁탈전을 할 건가? 아까는 맞아 죽기 싫다고 했으면서?"

"대안이 없으면 그래야 할 것 같습니다."

나는 공격할 의사가 없다는 걸 알리기 위해 일단 한쪽 무릎을 꿇었다.

그리고 뒤춤에 넣어둔 뼈송곳을 꺼냈다.

그러자 측근 중 한 명이 득달같이 몸을 일으키며 소리쳤다.

"이 병신 놈이 어디서!"

"잠깐, 기다려."

빅터는 측근을 제지하며 물었다.

"이건 왜 꺼내는 거지?"

나는 차분한 목소리로 말했다.

"거래를 하고 싶습니다."

"거래?"

"벌꿀과 교환하고 싶습니다. 만약 이게 부족하다면… 무언가 원하시는 다른 걸 말해주시길 바랍니다."

"오, 재미있군. 거래라……."

빅터는 건네받은 뼈송곳을 허공에 휘두르며 말했다.

"무기는 확실히 거래할 만한 물건이지. 하지만 모르겠군, 레너드?"

"네, 빅터."

"왜 갑자기 벌꿀인가? 아무래도 무기가 더 소중할 거 같은데? 여기 살아남은 인간들 중 절반은 사실상 반쯤 미친 상태야. 네가 무술을 좀 하는 건 알지만… 그래도 무기가 있는 편이 든든하지 않을까?"

"하지만 벌꿀이 필요합니다."

나는 심각한 표정을 지으며 고개를 약간 기울였다.

"램지 씨가……."

"응? 램지 씨가 뭘 어쨌다고?"

"아니, 아닙니다."

난 고개를 저었다. 빅터는 눈살을 찌푸리며 재촉했다.

"답답하긴, 어서 말하게. 램지 씨에게 문제라도 생겼나?"

"그렇지 않습니다. 그저… 가지고 있던 벌꿀을 다 쓰셨습니다."

난 일부러 애매하게 말하며 입술을 깨물었다.

그것은 사실이다. 내가 다 마셨으니까.

거짓말을 한 것도, 말을 꾸며낸 것도 아니다.

나는 그저 빅터에게 단편적인 정보를 넘겨주고, 거기에 무언가 사연이 있다는 듯 괴로운 표정을 지을 뿐이었다.

그러자 빅터가 눈살을 찌푸리며 고개를 끄덕였군.

"흐음… 그렇군. 램지 씨가 말이지."

"……."

"뭔가 일이 있나 보군. 확실히 그 영감 건강도 좀 나빠진 것 같고. 간수들이 주는 식사는 노인에게 별로 어울리지 않지. 혹시 몸이 나빠졌나?"

"그게 좀……."

"아니, 알겠어. 대충 무슨 일인지 알겠으니까."

빅터는 손사래를 쳤다. 그리고 측근 중 한 명에 눈짓을 하며 말했다.

"원래 이런 거래는 잘 안 하지만, 이번엔 특별히 이 무기와 벌꿀을 교환해 주도록 하지. 그럼 되나?"

"정말 감사합니다, 빅터."

나는 양 무릎을 꿇으며 진심으로 고마움을 표했다. 빅터는 날 일으켜 세우며 마음에 든다는 듯 어깨를 토닥였다.

"고마워할 필요 없어. 램지 씨는 우리 모두에게 필요한 사람이니까. 같은 방을 쓰니 잘 좀 챙겨줬으면 좋겠군."

"네. 가능한 최선을 다해 챙겨 드리겠습니다."

"좋아. 하지만 소문내진 말고. 그리고 이런 거래는 이번이 끝이야. 아무리 램지 씨가 있다 해도 다음에는 규칙을 지켜야 하네."

"쟁탈전 말이죠. 명심하겠습니다."

"좋아. 그럼 가보라고, 레너드."

"가자, 병신 레너드."

측근 중 한 명이 내 팔을 움켜쥐고 밖으로 이끌었다. 그러자 빅터가 헛기침을 하며 측근에게 말했다.

"스네이크아이, 말 좀 가려 하지? 그리고 나중에 영감 방에 벌꿀 하나 가져다줘라."

"…네, 보스."

스네이크아이라는 측근은 즉시 고개를 끄덕였다. 그리고 내 팔을 놓으며 다시 말했다.

"볼일 끝났으면 나가라, 레너드."

"네, 알겠습니다."

나는 조심스러운 표정으로 고개를 끄덕이며 밖으로 나갔다.

이건 흔한 교섭 수법이었다.

빅터는 램지에게 호감을 가지고 있다.

그는 이곳에서 없어선 안 될 중요한 인물이니까.

그리고 램지만큼은 아니라도, 나 역시 싫어하진 않는다.

그렇다면 굳이 구구절절하게 이야기를 만들어내 설득할 필요는 없다. 상대가 스스로 내놓을 수 있는 최대한의 호감을 끌어내면 그만이니까.

덕분에 첫 번째 계획은 순조롭게 진행됐다.

다음 계획은 벌꿀의 위력 테스트였다. 나는 벌써부터 입안에 침이 고이는 것을 느끼며 다음 수련을 기대했다.

＊   ＊   ＊

다음 날 아침, 나는 정신력을 49까지 회복했다.

빅터의 측근이 가져다준 벌꿀을 마신 건 아니다. 그저 자연적인 회복일 뿐.

이런 속도라면 오늘 저녁이나 내일 아침쯤엔 새로운 오러 수련에 돌입할 수 있을 것이다.

정신력이 회복될수록 사고가 명쾌해지고 집중력이 살아난다. 생각해 보면 재밌는 일이다.

전생의 나는 십수 년간 희망 없는 전쟁에 매진했다.

눈앞에서 셀 수 없을 만큼 많은 군인과 민간인이 학살당하는 것을 목격했다.

귀환자의 이동 경로를 피해 닷새 동안 잠도 못 자고 도망친 적도 있고, 처참하게 죽은 동료의 시체를 껴안고 슬픔에 좌절한 적도 있다.

그럼에도 정신력이 바닥까지 떨어진 적은 거의 없었다.

그런데 고작 방바닥에서 눈을 감고 정신적인 수련을 조금 쌓은 정도로 탈진이 될 만큼 정신력이 소모된 것이다.

오러란 것이 그만큼 평범한 인간이 획득하기 어려운 힘이라는 반증일까?

그때 복도가 소란스러워지며 누군가의 우렁찬 외침이 들렸다.

"전부 5분 내로 집합해! 죽고 싶지 않으면!"

그것은 훈련의 신호였다.

레너드의 육체는 그 소리를 들은 것만으로도 긴장되어 뻣뻣해졌다. 나는 가볍게 심호흡을 하며 침대에서 몸을 일으켰다.

빨리 나가 수용소 앞에서 집합해야 한다.

그러자 램지가 날 보며 말했다.

"조심하게, 주한. 자네 아직 주한 맞지?"

"네, 주한입니다."

난 고개를 끄덕였다. 램지는 내게 다가와 한쪽 손을 붙잡으며 말했다.

"저번엔 자네가… 아니, 레너드가 그냥 밖으로 나가 버려서 못 해줬네만, 오늘은 꼭 해줘야겠네."

"네? 뭘 말입니까?"

"자네에게 축복이 있기를. 그게 어떤 세계의, 어떤 신의 축복이든 간에……."

램지는 뜬금없이 어설픈 기도문 같은 것을 읊기 시작했다.

그러자 램지의 손에서 빛이 새어 나왔다.

나는 깜짝 놀라며 물었다.

"회복 마법을 써주신 겁니까?"

"…이건 회복 마법이 아니야."

램지는 고개를 저으며 설명했다.

"실은 나도 무슨 마법인지 모르겠네. 다만 이런 걸 내가 할 수 있다는 걸 알 뿐이야. 정작 효능이 무언지는 몰라."

그 순간, 나는 지난 3개월 동안 훈련장으로 떠나기 직전에 램지로부터 동일한 신성 마법을 부여받았다는 것을 기억해 냈다.

'딱히 뭔가 변한 것 같진 않은데……'

나는 확실히 하기 위해 스스로를 스캐닝했다.

변화는 특수 능력창에 있었다.

특수 능력

오러: 7

마력: 0

신성: 0

저주: 11

각인: 스캐닝(상급) — 목표의 모든 정보를 확인할 수 있다. 각 능력의 효과도 확인 가능

초월: 시공간의 축복 — 죽으면 5분 전으로 회귀. 하루 5회

축복 효과: 체력 유지(하급) — 약 4시간 동안 체력의 저하를 막는다.

퀘스트1: 회귀의 반지를 파괴하라(최상급)

퀘스트2: 레비그라스 차원에서 처음 30일을 생존하라(하급)

퀘스트3: 특수 능력을 습득하라(하급)

퀘스트4: 레벨을 높여라(하급)

'체력 유지?'

나는 눈을 크게 떴다.

초월 능력 아래, 기존에 없던 '축복'이라는 새로운 스텟창이 생겼다.

그리고 그곳에 새로운 효과가 표시되었다. 효과에 지속 시간까지 친절하게 적혀 단번에 이해할 수 있었다.

이것이 바로, 레너드가 3개월간 1번 타자로 살아남을 수 있던 또 다른 이유였다.

나는 진심으로 감사를 느끼며 램지를 향해 고개를 숙였다.

"감사합니다. 그럼 다녀오겠습니다."

"살아서 돌아오게. 죽으면 맡겨놓은 벌꿀을 다 먹어버릴 테니까."

"네, 꼭 그렇게 하십시오."

나는 그의 농담에 웃음으로 답했다. 램지는 안타까운 표정으로 고개를 끄덕이며 내 손을 놓아주었다.

나는 즉시 방문을 열고 복도로 나갔다.

훈련에 나가지 않으면 죽는다.

정확히는 간수가 방마다 체크해서 남아 있는 사람이 있으면 그 자리에서 패 죽인다.

만약 몸이 아프거나 부상으로 움직일 수 없다 해도, 마찬가지로 그냥 죽인다.

그래서 여긴 다리가 망가지면 그냥 죽었다고 봐야 한다.

나는 입술을 깨물었다.

방을 나와 복도를 달리는 노예들의 얼굴에서 긴장과 두려움이 보인다.

그들의 모습은 마치 전생에서 귀환자를 상대로 전투 명령을 받은 군인과 흡사했다.

노예들이 모두 숙소 밖으로 나와 집결하자, 미리 대기하고 있던 간수가 눈을 부릅뜨며 소리쳤다.

"빌어먹을 지구 놈들! 오늘은 네놈들의 썩은 정신 상태를 개조해 줄 훈련 날이다! 다들 죽었다고 생각하고 달려라!"

그리고 손으로 자신의 오른쪽을 가리켰다. 집결한 노예들은 말없이 간수가 가리킨 방향으로 달렸다.

'저번과 방향이 다른데?'

나 역시 인파에 섞여 달리기 시작했다.

레너드의 기억으론 훈련장은 매번 달라진다.

그렇다고 훈련장마다 훈련 내용이 정해진 건 아니다.

그저 랜덤일 뿐.

그렇게 잠시 달리자, 이번에도 수로를 연상시키는 통로로 진입해 들어갔다.

나는 수로 위쪽을 달리는 간수들을 힐끔 쳐다보며 레너드의 기억을 떠올렸다.

이런 통로는 숙소 주변에 모두 다섯 개가 있다.

그리고 통로 끝마다 훈련장이 있다.

훈련은 저번에 했던 트리플 어택 훈련을 포함해서 대략 일곱 개다.

문제는 가끔씩 새로운 훈련이 추가된다는 것이다.

그리고 그때마다 1번 타자는 거의 무조건 죽었다.

유일하게 죽지 않은 1번 타자는 레너드뿐이었다.

"큭……"

나는 가슴을 옥죄는 듯한 두려움에 신음 소리를 냈다.

이것은 레너드의 몸에 각인된 두려움이다.

레너드에겐 미안한 말이지만, 그가 겪은 일들은 내가 수십 년간 겪었던 일들에 비하면 그다지 충격적인 것이 아니었다.

하지만 육체란 인간의 거의 모든 것이다.

덕분에 나 또한 육체의 두려움에서 벗어나기 위해 집중해야 했다.

수로의 달리기는 그 뒤로 10여 분 동안 이어졌다.

나는 머릿속에 숙소와 수로와 훈련장의 모습을 평면도로 그려보았다.

꼭짓점이 아주 가느다란 별 모양이라 생각하면 편하다.

별의 중심에 숙소가 있고, 꼭짓점의 끝에 훈련장이 있는 구조다.

그런데 간수들은 어디 살고 있는 걸까?

'훈련장과 훈련장 사이인가… 그리고 밥은 어디서 가져오는 거지? 어딘가에 농장이라도 있는 걸까?'

나는 스스로에게 질문하고 답을 떠올렸다.

전생의 경험을 통해, 나는 그것이야말로 두려움에서 벗어나는 최고의 방법이라는 것을 알아냈다.

그때 수로의 끝이 넓어지며 넓은 공터가 모습을 드러냈다.

훈련장이다.

처음 환생했을 때 도착했던 훈련장과 마찬가지로, 이곳도 역시 콜로세움을 연상시키는 구조였다.

'어쩌면 여긴 정말로 경기장이었는지도 모르겠군……'

나는 관중석이라고 추정되는 훈련장 외곽의 시설물을 노려보며 생각했다.

그때, 노예들의 앞에 선 간수가 손에 쥔 검을 높이 치켜들었다.

그것은 훈련의 시작을 알리는 신호였다. 나는 다른 노예들이 밀어내기 전에 스스로 앞으로 걸어 나갔다.

오늘의 나는 몇 번을 죽어야 이 훈련을 통과할 수 있을까?

"레너드! 오늘도 역시 네놈이 먼저인가?"

칼을 치켜든 간수는 첫날의 그 간수와 동일한 인물이었다.

나는 스캐닝으로 알아낸 간수의 이름을 떠올렸다.

로아누 잘만.

하지만 간수의 이름을 말해선 안 된다.

괜히 친한 척 이름을 물어봤다가 맞아 죽은 노예도 있었다.

"그런데 레너드?"

간수는 내 얼굴을 가만히 바라보며 이죽거리는 미소를 지었다.

"오늘은 뭔가 달라 보이는군? 무언가 깨달음이 생겼나? 아니면 오늘이 자신의 최후일지도 모른다는 계시라도 받았나?"

"……."

나는 일부러 두려운 표정을 지으며 입술을 깨물었다. 간수는 곧바로 만족한 표정을 지으며 고개를 끄덕였다.

"아무래도 후자인 모양이군. 그런데 사실 나는 궁금한 것이 있었다."

간수는 칼을 치켜든 자세 그대로 뒤쪽의 노예들을 향해 소리쳤다.

"너희 더러운 지구 놈들은 신에 대한 조금의 경외조차 없는 거냐? 불쌍한 레너드가 내 앞에 나타난 것도 벌써 19번째다. 그런데 19번이나 살아서 돌아갔지! 그런데 네놈들은 아무런 느낌도 없는 거냐?"

'뭐지, 이건? 원래 이런 식으로 훈련 전에 연설을 하나?'

나는 긴장하며 스스로에게 물었다.

하지만 레너드의 기억에도 이런 경우는 존재하지 않았다.

항상 1번 타자가 앞으로 나오면 바로 훈련이 시작됐다.

"그렇겠지! 신도 없고 믿음도 없는 공허한 지구에는 19란 숫자에도 아무런 의미가 없겠지! 역시 네놈들은 쓰레기야! 쓰레기들에게 이런 고귀한 말씀을 전하는 것 자체가 구역질나는 일이다! 하지만 그럼에도 불구하고! 오늘은 날 희생해서라도 구더기 같은 지구 놈들에게 빛의 신의 기적을 전해주겠다!"

그리고 간수는 연설을 시작했다.

그것은 레비그라스 세계의 다섯 신 중 하나인 '빛의 신 레비'가 레비그라스인들에게 전해준 19가지의 기적에 대한 이야기였다.

연설은 무려 30분 동안 이어졌다.

그것은 지루하며 장대한 이야기였다. 나는 솔직하게 감탄하며 생각했다.

'굉장한데? 저 간수는 자기네 성서를 통째로 외워 버린 건가?'

문제는 지금까지 이런 적이 한 번도 없었다는 것이다.

정말로 레너드가 훈련에서 1번 타자로 19번 동안 연속해서 살아남은 것에 감동한 것일까?

어쩌면 그게 진실일지도 모른다.

레비그라스인들의 종교에 대한 집착은 광신이란 말로도 부족하다.

그 탓에 지구의 인류가 멸망했으니까.

"…잘 들었나! 그럼 이해했겠지! 19라는 숫자가 왜 이토록 강한 의미를 가지고 있는지?"

연설을 마친 간수가 노예들을 둘러보며 물었다.

하지만 반응은 없었다. 간수는 눈살을 찌푸리며 시선을 내게로 돌렸다.

"레너드! 너는 알겠나?"

"모르겠습니다."

나는 고개를 저었다.

그러자 간수는 코웃음을 치며 치켜든 칼을 내 머리 위로 내리그었다.

너무도 갑작스럽고 빠른 공격이었다.

난 도저히 반응할 수 없었다.

순간 경쾌한 소리가 훈련장 전체로 퍼져 나갔다.

콰직!

그것은 아마도 내 두개골이 쪼개지는 소리였을 것이다.

확신할 순 없지만…….

· 5장 ·
어떻게 해야 살지?

"……!"

정신을 차렸을 때, 나는 코앞에서 떠들어대는 간수의 설교를 듣고 있었다.

뭘까?

나는 방금 전에 왜 죽은 걸까?

간수의 공격은 너무 갑작스럽고 빨랐다. 나는 가볍게 숨을 들이마시며 죽기 직전의 기억을 떠올렸다.

간수는 아무런 예고 없이 다짜고짜 칼을 내리 그었다.

이것도 훈련인가?

하지만 기존의 훈련에 이런 것은 없었다.

새로운 훈련을 할 때도, 최소한 어떻게 하는 건지 설명 정도는 하고 시작했다.

그렇다면 지금은 비정상적인 상황이다. 나는 침을 튀기며 떠들어대는 간수를 노려보며 긴장했다.

무언가 달라졌다.

대체 뭘까? 레너드가 1번 타자로 19번 살아남은 게 그렇게 큰 의미가 있었나?'

'아니면 다 끝난 건가? 결국 수용소의 모든 노예를 죽이기로 결정한 건가?'

나는 이마에 식은땀이 흐르는 것을 느끼며 스스로에게 물었다.

그럴지도 모른다.

오늘이 바로 학살의 그날인 것이다.

하지만 일부러 여기까지 데려와서 저런 장광설을 늘어놓고 나서 죽이는 건 이상했다.

무언가 다른 이유가 있는 것이다.

아니, 반드시 이유가 있어야 했다. 그렇지 않다면 나는 또다시 간수의 칼에 맞아 죽을 것이다.

앞으로 네 번 더.

입안에 침이 마른다. 나는 마른침을 억지로 삼키며 고민했다.

하지만 당장 떠오르는 이유는 없었다.

결국, 설교를 끝낸 간수는 5분 전과 마찬가지로 날 노려보며 질문을 던졌다.

"레너드, 너는 알겠냐?"

이 질문이 의미가 있는 걸까?

나는 변화를 위해 다르게 대답했다.

"네, 조금은 알 것 같습니다."

"호, 정말이냐?"

간수는 코웃음을 치며 치켜든 칼을 내 머리 위로 내리 그었다.

5분 전과 똑같이.

차이점이 있다면, 내가 몸을 옆으로 피했다는 것이다.

덕분에 나는 두개골이 터지는 것은 막을 수 있었다.

대신 어깻죽지부터 파고든 칼날에 의해 심장이 반으로 잘라져 버렸다.

촥!

"쿨럭……."

난 입으로 피를 토하며 선 채로 무너져 내렸다.

고통스럽다는 점에서 보자면, 첫 번째 죽음보다 훨씬 괴로운 죽음이었다.

이런 망할…….

*   *   *

이제 다 끝난 걸까?

정신을 차린 내 마음엔 절망만이 가득했다.

상황은 동일하게 5분 전이었다.

나는 몸을 떨었다. 심장으로 파고드는 뜨거운 칼날의 감촉이 아직까지도 생생하게 느껴졌다.

눈앞에는 3이라는 숫자가 떠 있다. 나는 흔들리는 마음을 애써 다잡으며 생각했다.

'첫 번째 죽음과 두 번째 죽음에 무슨 차이가 있었지? 간수는 내 대답과 상관없이 칼을 내리쳤다. 어째서?'

그냥 저놈들은 여기서 우릴 다 죽일 생각일까?

아니다.

이것도 그냥 훈련일 가능성이 있다.

나는 이를 갈았다.

어떻게든 내가 죽고 난 뒤에 무슨 일이 벌어지는지 알 수만 있다면 좋을 것이다.

이것이 훈련이라면, 내가 죽고 난 이후에 다른 노예들에게 동일한 패턴을 반복할 것이다.

훈련이니까.

하지만 이것이 훈련이라 해도 다른 노예들 역시 죽는 건 똑같다.

간수가 진짜 마음먹고 죽이려 들면, 설사 노예 중에 제일 강한 빅터라 해도 피할 수 없을 것이다.

왜냐하면 나는 공격의 타이밍을 알고도 피하지 못했기 때문이다.

그 순간, 나는 다른 출구를 떠올렸다.

그리고 두 번의 죽음을 다시 떠올렸다.

두 번 모두 내 전략은 간수의 질문에 다르게 대답하는 것이었다.

하지만 내 대답과 상관없이 간수는 칼을 내려쳤다.

그렇다면 대답은 중요하지 않다.

대답이 중요한 게 아니라면, 처음부터 그냥 공격을 피하는 데 집중해 보자.

만약 이 훈련이 '예고 없이 내리치는 일격'을 피하는 훈련일지도 모르니까.

물론 간수는 인간의 기준으로 볼 때 초인이었다. 초인이 예고 없이 내려치는 공격을 피하는 건 불가능에 가까운 난제였다.

하지만 난 칼을 내려치는 타이밍을 알고 있다.

그러니 이번에는 아예 칼을 내려치기 전에 미리 몸을 움직여 보는 것이다.

이것이 내가 내린 답이다. 마침 간수가 설교를 끝내며 날 노려보았다.

나는 간수의 치켜든 오른팔을 주시하며 집중했다.

"레너드! 너는 알겠나?"

"모르겠습니다."

나는 고개를 저었다.

"흥!"

간수는 코웃음을 치며 치켜든 칼을 내 머리 위로 내리 그었다.

그것은 너무도 갑작스럽고 빠른 공격이었다.

하지만 난 미리 오른쪽으로 몸을 날리고 있었다.

보고 피하는 건 불가능하다.

하지만 미리 움직이기 시작하면?

부웅!

간수의 칼이 내 왼팔을 아슬아슬하게 스치며 허공을 베었다.

'성공이다!'

나는 속으로 환호성을 질렀다.

피했다.

그 순간, 간수가 송충이 같은 눈썹을 찌푸리며 화를 냈다.

"지구의 불신자 놈이!"

간수의 표정은 경멸로 가득 차 있었다.

그는 허공을 벤 칼을 즉시 바로 잡았다. 그리고 번개 같은 수평 베기로 내 허리를 베어버렸다.

이번엔 피할 수 없었다.

푸확!

덕분에 내 몸은 상하로 분리되었다.

흙바닥에 쏟아지는 피와 내장을 지켜보며 나는 부릅뜬 눈을 천천히 감았다.

아, 빌어먹을.

대체 뭐가 문제일까…….

＊　　　　　＊　　　　　＊

문제는 내가 멍청하다는 것이다.

처음부터 저놈은 날 죽일 생각이었다.

너무도 쉽고 간단한 해답이 눈앞에 있는데도 나는 애써 그 것을 피해 다른 답을 추구했다.

바로 오늘, 간수들은 노예 수용소를 정리하려고 마음을 먹 은 것이다.

강렬한 스트레스와 두려움으로 관자놀이가 지끈거리기 시작 한다.

'아니야……'

나는 입술을 깨물며 스스로를 진정시켰다.

아직 두 번 남았다.

아직 미래를 바꿀 기회가 두 번이나 있는 것이다.

그러자 순간적으로 머릿속이 맑아졌다.

나는 눈앞에 큼지막하게 보이는 새빨간 숫자를 보며 심호흡 을 했다.

숫자 2.

난 냉정을 되찾으며 상황을 정리했다.

중요한 건 세 번째 죽음의 순간이었다.

난 그때 간수의 칼을 피했다.

하지만 간수는 한 번 더 칼을 휘둘러 기어이 날 죽였다.

결국 처음부터 날 죽일 생각이었다는 것이다.

그렇다면 지금부터는 근본적으로 다른 방법을 찾아야 한다.

'어떻게 해야 살 수 있지?'

나는 스스로에게 질문했다.

먼저 지금 당장 도망치는 것을 떠올렸다.

물론 쓸데없는 짓이다. 저 간수들은 네발 달린 짐승보다 빠르게 달릴 수 있다.

물론 인간도 네발 달린 짐승이지만…….

어쨌든 중요한 건 당장 이 훈련을 피하자는 것이다.

하지만 레너드의 기억이 경고를 보냈다.

간수들은 노예들이 훈련장에서 훈련을 회피해도 그냥 죽였다.

그렇다면 일단 순서를 바꾼다.

나 대신 다른 누군가를 1번 타자로 내세운다.

하지만 이제 와서 누가 나랑 순서를 바꿔주려 할까?

그저 진퇴양난이었다.

나는 설교를 끝내가는 간수를 노려보며 생각했다.

'그럼 다시 처음으로 돌아올 수밖에 없어…….'

현재 상황에선, 간수가 날 죽일 생각이라면 난 그 운명을 피할 수가 없다.

그러니 그건 배제한다.

내가 믿어야 할 것은, 간수는 지금 훈련을 하고 있다는 사실이다.

그것이 설령 진실이 아닐지라도, 지금부터 난 그것을 진실이라 간주한다.

이것은 학살이 아니다.

이것은 훈련이다.

난 스스로에게 강한 암시를 걸었다.

그렇게 생각하면 지금 간수가 하는 모든 행동이 훈련의 힌트인 것이다.

간수는 지금 평소라면 하지 않을 행동을 하고 있다.

빛의 신의 19가지 축복을 줄줄이 늘어놓는 이 장광설 속에 훈련을 하는 방법이 숨어 있는 것이다.

물론 이 모든 게 미친 생각일지도 모른다. 하지만 달리 할 수 있는 게 없다.

나는 간수의 마지막 연설에 온 신경을 집중했다.

연설은 대략 30분 동안 이어졌다.

처음 25분은 기억이 거의 안 난다.

하지만 마지막 5분은 반복해서 들었기 때문에 무슨 소린지 이해할 수 있었다.

"…그러므로 이 세계는 빛의 신의 축복으로 다시 돌아가게 된 것이다! 그분의 자비로움으로! 잘 들었나! 그럼 이해했겠지! 19라는 숫자가 왜 이토록 강한 의미를 가지고 있는지?"

노예들은 여전히 아무런 반응을 보이지 않았다.

간수는 눈살을 찌푸리며 시선을 돌렸다.

나를 향해.

벌써 네 번째로 마주 본 그 시선에서 나는 간수의 다양한 감정을 읽을 수 있었다.

혐오, 조롱, 비난, 무시.

그리고 호기심.

어쩌면 나만의 착각인지도 모른다.

하지만 분명 호기심이 보였다. 저 간수는 내게 호기심을 품고 있다.

무슨 호기심일까?

"레너드! 너는 알겠나?"

간수가 질문했다.

나는 어차피 피할 수도 없고, 피해도 의미가 없는 간수의 칼을 의식에서 지웠다.

대신 간수의 눈을 바라보며 요구했다.

"빛의 신 레비의 열아홉 번째 기적을 다시 한 번 들려주실 수 있겠습니까?"

순간 칼을 쥔 간수의 오른팔이 움찔거렸다.

그리고 놀란 눈으로 근처에 있는 다른 간수를 바라보았다.

다른 간수는 무표정한 얼굴로 고개를 끄덕였다. 그러자 칼을 든 간수가 헛기침을 하며 대답했다.

"크흠, 간단히 말하면⋯ 레비께서 우리에게 겸손할 수 있는 힘을 주셨다는 거다. 그분의 모든 기적과 축복 앞에서 우리는 언제나 겸손하게 한발 물러나 고개를 숙일 줄 알아야 한다."

물론 이미 알고 있는 내용이다.

그저 물러설 타이밍이 필요했기 때문에 일부러 질문한 것뿐.

나는 그대로 한 발 물러서며 고개를 숙였다.

"너, 이 자식⋯⋯."

간수의 목소리가 살짝 떨렸다.

간수는 다시 내 앞으로 한 발 다가오며 물었다.

"레너드, 너는 알겠나?"

"……"

나는 또다시 말없이 한 발 뒤로 물러났다.

그러자 간수는 치켜든 칼을 천천히 아래로 내리며 소리쳤다.

"오늘 훈련은 이걸로 끝이다!"

동시에 노예들이 경악하며 웅성거렸다.

"뭐?"

"뭐라고?"

"정말?"

"레너드!"

간수는 고개 숙인 내 머리채를 움켜쥔 채 억지로 들어 올리며 소리쳤다.

"난 네게 빛의 신의 축복이 내렸다는 증거를 보았다! 그러므로 다음이 마지막이다!"

"네?"

난 눈을 부릅뜨며 간수를 마주 보았다.

간수는 숨을 들이마신 다음 소리쳤다.

"오늘은 특별 훈련이었다! 다음 훈련부터는 다시 정상적으로 진행된다! 그리고 레너드는 다음에도 가장 먼저 훈련을 받는다! 그리고 그때도 살아남는다면! 레너드는 최하급 노예 전사에서 그냥 노예 전사로 승격한다!"

"하지만 전 특수 능력을 깨우치지 못했습니다! 각성하지 못했다구요!"

난 반사적으로 소리쳤다. 간수는 입가에 미소를 지으며 작은 목소리로 말했다.

"상관없다. 특수 능력만이 신의 축복은 아니니까."

그리고 이제 돌아가라는 듯 내 가슴을 툭 치며 밀었다.

동시에 주변에 있던 다른 간수들이 채찍을 휘두르며 소리를 질렀다.

"못 들었나! 이 더러운 지구 놈들! 훈련은 끝이다. 빨리 돌아가!"

"달려! 달려라! 뒤처지는 놈은 내 채찍에 피부가 터지고 근육이 찢어질 테니까!"

어리둥절하던 노예들은 반사적으로 몸을 돌려 달리기 시작했다.

나 역시 그들에게 섞여 미친 듯이 달렸다.

그제야 뒤늦게 안도감이 찾아왔다.

세 번의 죽음 끝에 가까스로 살아남은 것이다.

눈앞엔 여전히 붉은색으로 표시된 2라는 숫자가 보였다. 나는 갑자기 긴장이 풀리며 다리가 휘청거리는 걸 느꼈다.

그때 누군가 내 팔을 잡으며 말했다.

"조심해라, 레너드. 쓰러지면 죽어."

고개를 돌리자 빅터의 중후한 얼굴이 보였다.

빅터는 수로 위쪽을 달리는 간수들을 힐끔 살폈다. 그러고는 나지막한 목소리로 말했다.

"할 이야기가 있다. 있다가 내 방으로 와주겠나?"

난 엉겁결에 고개를 끄덕였다.

그러자 빅터도 고개를 끄덕이며 뒤쪽으로 살짝 빠졌다.

나는 풀어진 정신을 바짝 끌어 올렸다. 그리고 당장 달리는 데 온 정신을 집중했다.

긴장을 풀면 안 된다.

그러면 또다시 죽음의 위기가 찾아올 테니까.

*　　　　*　　　　*

숙소에 도착하고 나서야, 나는 겨우 약간의 긴장을 해소할 수 있었다.

나는 거친 숨을 몰아쉬며 노예들이 몰려 있는 물통을 바라보았다.

그리고 방금 전의 훈련을 떠올렸다.

간수는 날 테스트한 거다.

나의 특별함을.

정확히는 훈련에서 1번 타자로 19번을 살아남은 레너드의 특별함을.

간수는 거기서 어떤 특별함을 느꼈다. 아마도 그들의 종교에서 19라는 숫자가 가진 신성함 때문에 더 그렇게 느꼈을 것이다.

오러나 마력 같은 특수 능력을 각성한 것도 아닌데, 평범한 지구인이 이렇게 계속해서 살아남는 게 가능한가?

무언가 자신이 모르는 특별한 재능을 깨우친 게 아닐까?

간수는 그렇게 판단하고 테스트를 시작했다.

그들에게 '특별한 재능'이란 모두 자신들이 믿는 빛의 신 '레비'가 내리는 축복이다.

그러니 만약 내가 신의 경전을 이해하고 그대로 행동한다면, 그들은 지금처럼 나를 위쪽으로 승격시킬 계획이었던 것이다.

물론 그게 아니라면, 자신을 기만한 대가로 그냥 죽일 생각이라는 것은 세 번의 죽음으로 이미 경험했다.

"기준이 완전 제멋대로야……."

나는 한숨을 내쉬며 중얼거렸다.

어쨌든 치명적일 수 있던 위기를 가까스로 넘겼다.

하지만 정말 위쪽으로 승격한다면, 더 심각한 문제가 날 기다리고 있다.

그냥 노예 전사.

그것에 대해서는 전향자인 스텔라가 설명해 줬다.

우선 여기와는 비교할 수 없을 정도로 환경이 좋아진다.

식사, 의복, 거주, 모든 것이 개선된다.

하지만 한 가지 문제가 있다.

그곳에 가면, 세뇌를 받게 된다.

나는 전생에 봤던 귀환자들의 천편일률적인 행동을 떠올렸다. 그들은 빛의 신 레비를 찬양하고, 지구의 저급함을 욕하며 주변의 인간들을 무참히 학살했다.

그것만큼은 피해야 한다.

나는 물을 마시며 주변을 살폈다.

함께 물을 마시던 노예들이 의혹과 경외의 시선으로 날 바라보고 있다.

그들에게 있어 더 이상 난 병신 레너드가 아니었다.

그만큼 오늘 훈련장에서 벌어진 일이 충격적이었던 것이다.

난 노예들을 향해 어깨를 으쓱였다. 그리고 숙소로 들어가며 생각했다.

지금 이 시점에서 승격은 곤란하다.

내가 단기간에 오러를 수련해서 강해진다 해도, 그것은 바로 이곳에 있는 간수들에게 유효한 힘일 것이다.

반면 승급한 곳의 간수들은 이곳과 비교도 할 수 없게 강하다.

애초에 위쪽의 노예 전사들을 관리하는 건 간수조차 아니다.

스텔라의 증언에 따르면 대부분이 급이 높은 오러 유저와 소드 익스퍼트이며, 압도적인 신성 마법을 쓰는 신관들까지 바글바글하다고 한다.

하지만 그렇다고 승격을 안 할 수도 없다.

승격을 안 한다는 건, 다음번의 마지막 훈련을 통과하지 못한다는 것이다.

즉, 죽음이다.

'그러면 어떻게 하지?'

나는 스스로에게 질문했다. 그리고 심호흡을 하며 질문에 답했다.

'탈출해야 한다.'

물론 지금 당장은 무리다.

하지만 다음 훈련까지 최소 3일이나 4일의 시간이 남아 있다.

그때까지 승부를 내야 한다.

숙소의 복도를 걸으며, 나는 멀리 빅터의 방문 앞을 지키고 있는 도미닉을 바라보았다.

"……"

도미닉도 나를 보고 있었다. 나는 도미닉을 향해 손을 흔들며 생각했다.

탈출의 해답은 빅터가 쥐고 있을 것이다.

물론 확실하진 않다. 하지만 인류 멸망의 최후까지 살아남은 나의 감이 그렇게 외치고 있었다.

· 6장 ·
탈출 계획

"단도직입적으로 묻지."

빅터는 내가 방으로 들어오자마자 물었다.

"레너드, 너 각성했나?"

"아닙니다."

난 대답하며 주위를 살폈다.

빅터의 측근 세 명이 저마다 무기를 쥔 채 포위하듯 둘러싸고 있었다.

여차하면 한 번에 몰려들어 찌를 기세였다. 나는 즉시 양손을 들고 항복하는 자세를 취했다.

"공격하지 마세요. 전 빅터의 요청을 받고 온 겁니다."

"내가 명령한 거다."

빅터는 심각한 표정으로 날 노려보았다.

"미리 말해두지. 최악의 경우… 넌 여기서 죽는다."

그것은 어느 정도 예상된 반응이었다. 나는 마음을 가다듬으며 속으로 대략적인 시간을 재기 시작했다.

앞으로 약 4분 안에 끝장을 봐야 할 수도 있다.

만약에 여기서 죽게 된다면, 애초에 빅터의 방에 들어가기 전으로 돌아가서 상황을 바꿔야 하기 때문이다.

"후우……"

빅터는 한숨을 내쉬며 말했다.

"먼저 질문하지. 방금 훈련장에서 대체 무슨 일이 벌어진 건가?"

"제가 훈련을 통과했습니다."

"어떻게?"

빅터는 눈을 크게 뜨며 말했다.

"난 두 눈을 부릅뜨고 지켜봤다. 하지만 아무것도 알아내지 못했어. 네가 한 발 뒤로 물러나고, 간수가 한 발 앞으로 나서고, 네가 한 발 뒤로 다시 물러나고. 그리고 끝이었다."

"간수가 30분 동안 자기네 성전을 줄줄이 읊지 않았습니까? 저는 거기서 힌트를 얻고 그대로 행동한 것뿐입니다."

"정말이냐?"

빅터의 눈빛에 의심이 맴돌았다.

"그렇다면 지금 당장 증거를 내놔."

"무슨 증거 말입니까?"

"네가 간수들의 스파이가 아니라는 증거."

대략 1분이 지났다.

나는 약간의 초조함을 느끼며 되물었다.

"간수들이 스파이를 왜 씁니까? 그들은 우릴 벌레 취급합니다. 반란이나 탈출을 걱정할 필요도 없죠. 상대도 안 될 만큼 강하고 빠르니까요."

"하지만 넌 갑자기 변했어."

빅터는 침상에 걸터앉은 채 양손을 깍지 꼈다.

"그게 문제야. 나는 지금부터 네게 중요한 이야기를 해야 하는데, 그게 마음에 걸려서 할 수가 없어."

"사람이 변하면 안 됩니까?"

나는 당당하게 물었다. 빅터는 치켜뜬 눈으로 날 노려보았다.

"안 될 건 없지. 하지만 저들은 세뇌를 한다."

순간 입에서 신음 소리가 나올 뻔했다.

어떻게 빅터가 그걸 알고 있지?

그것은 최하급 노예 전사라면 결코 알 수 없는 정보였다.

아니면 혹시 간수들이 직접 말한 걸까? 너희들을 세뇌할 수도 있다고?

"저들이 널 세뇌했다면 모든 의문이 해결돼. 아니, 정확히는 네가 변한 이유만 해결되는군. 널 다음에 승격시키는 문제는 또 다른 이야기니까."

"세뇌라니… 제가 세뇌된 것처럼 보이십니까?"

"아니, 그렇게 안 보여."

빅터는 고개를 저었다.

"하지만 모르겠어. 물론 넌 광신자로 안 보이지. 하지만 좀 전에 훈련을 통과할 땐 저들의 룰을 정확히 이해한 것처럼 보였다."

대략 2분이 지났다.

"결판을 빨리 내는 게 좋겠군요."

나는 빅터를 바라보며 단도직입적으로 말했다.

"제가 간수들의 끄나풀이 아니라는 증거는 없습니다. 또 저들에게 세뇌를 받지 않았다는 증거도 없죠. 하지만 저 역시 마찬가지입니다."

"뭐가?"

"저도 생각하는 게 있고 계획하는 게 있습니다. 하지만 그것을 함부로 말할 수는 없습니다. 특히 빅터, 당신들이 무얼 꾸미고 있는지 알 수 없으니까요."

"이 자식이……."

순간 측근들이 동요하며 웅성거렸다. 빅터는 오른팔을 옆으로 뻗으며 측근들을 제지했다.

"모두 조용히. 레너드, 지금 우리가 뭔가 꾸미고 있다고 말했나?"

"그렇습니다."

"왜 그렇게 생각했지?"

"첫 번째는 에릭손의 시체입니다."

나는 회귀해서 돌아온 첫날 밤을 떠올렸다.

"그날 밤에 당신은 제 방에 와서 에릭손의 시체를 가져갔습니다. 어딘가로 가져가서 잘 처리하셨겠죠."

"그런데?"

"그런데 이 숙소엔 그럴 만한 공간이 없습니다."

나는 양팔을 펼쳐 보였다.

"이곳엔 아무리 둘러봐도 사람 하나를 깔끔하게 처리할 공간도, 수단도 없습니다. 땅을 파서 묻는 것도 불가능합니다. 도구가 없으니까요. 그렇다면 두 가지 결론에 도달합니다. 하나는 당신이 간수와 끈이 닿아 있다는 겁니다. 시체를 간수에게 맡기면 그자들이 알아서 잘 처리할 테니까요."

대략 3분이 지났다.

역시 4분으론 부족했나? 나는 등줄기에 식은땀이 흐르는 걸 느끼며 생각을 재고했다.

여차하면 이곳에 있는 다섯 명의 거구와 목숨을 걸고 싸워야 할지도 모른다.

물론 쉽진 않을 것이다.

하지만 간수를 상대로 싸우는 것보단 훨씬 가능성 있는 이야기였다.

빅터는 5초 정도 침묵하다 물었다.

"그렇게 생각할 수도 있군. 아니, 사실 그렇게 생각하게끔 유도한 것도 있다. 그래야 다른 놈들이 더 기어 올라오지 못할 테니까. 그런데 또 다른 결론은 뭐지?"

"그건 빅터, 당신에게 시체를 처리할 수 있는 특별한 능력이 있다는 겁니다."

나는 주변에 있는 측근들을 향해 시선을 돌렸다.

"어쩌면 여러분들 중 한 명에게 있을 수도 있겠죠. 특히… 당신이라던가요, 커티스."

그는 특수 능력 중에 신성 스텟을 가지고 있는 백인이었다.

"어떻게……."

커티스는 자신도 모르게 중얼거리다 소스라치게 놀라며 입을 다물었다.

빅터는 깍지 낀 양손 위에 턱을 궤며 말했다.

"레너드, 커티스에 대해 무엇을 알고 있나?"

"커티스가 신성 마법을 쓸 수 있다는 걸 알고 있습니다."

나는 확실하게 대답했다.

그리고 그 순간 대략 4분의 시간이 지나 버렸다.

이 시점에서 퇴로가 끊겼다.

이젠 앞으로 전진하는 수밖에 도리가 없다. 활로는 정면에 존재할 것이다.

"…누군가 말했나?"

한참 침묵하던 커티스가 측근들을 둘러보며 말했다.

"그렇게 입단속을 시켰는데, 대체 누가 퍼뜨린 거지?"

"다른 사람에게 들은 게 아닙니다."

나는 손가락으로 왼쪽 눈을 가리키며 말했다.

"저는 스캐닝 능력이 있습니다. 스캐닝이 뭔지 알고 계시겠죠?"

그것이 빅터의 방에 들어오기 전에 미리 준비한 첫 번째 카

드였다.

물론 내가 가진 능력은 가능한 비밀로 감추고 싶었다.

하지만 받기 위해선 먼저 줘야 한다. 그런 의미에서 스캐닝은 이 시점에서 공개하기 매우 적절한 능력이었다.

"스캐닝… 정말인가?"

빅터가 눈살을 찌푸리며 물었다.

"하지만 스캐닝으론 오러나 마력 같은 특수 능력은 안 보일 텐데? 그게 보였다면 간수들이 우릴 가만 놔두지 않았겠지. 특히 커티스를."

"제 스캐닝은 다릅니다. 특수 능력은 물론 이름까지 전부 보입니다."

"이름까지?"

빅터가 눈을 크게 떴다. 그리고 재밌다는 표정을 지으며 물었다.

"그럼 내 풀 네임도 알고 있나?"

"빅터 커시."

"…정말이군."

빅터는 길게 한숨을 내쉬었다.

"난 이 망할 세계로 떨어진 이후로 단 한 번도 내 성을 말한 적 없어. 정말 스캐닝 능력을 가지고 있는 모양이군."

"기다리십시오, 보스."

그러자 신성 스텟을 보유한 커티스가 앞으로 나서며 말했다.

"아직 모릅니다. 어쩌면 이 녀석이 지구에서 보스를 알고 있었을지도 모르잖습니까?"

"지구에서?"

빅터는 눈을 깜빡였다. 그리고 피식 웃었다.

"그럴 리가 없어. 하지만 의심이 된다면… 다른 식으로 확인할 수도 있겠군, 레너드?"

"네, 빅터."

"마지막으로 하나만 더 대답해 주면 좋겠군. 우리 중에 커티스가 신성 마법을 쓸 수 있는 건 이미 알고 있겠지?"

"그렇습니다."

나는 고개를 끄덕였다. 빅터는 방 안에 있는 다른 측근들을 둘러보며 말했다.

"그런데 이 중엔 커티스 말고 특수 능력을 쓸 수 있는 자가 한 명 더 있어. 스캐닝 능력이 있다면 그게 누구인지 금방 알 수 있겠지?"

"잠시만 기다려 주십시오."

나는 커티스 말고 다른 두 명의 측근을 즉시 스캐닝했다.

이름: 스네이크아이

레벨: 1

종족: 지구인

기본 능력

근력: 30

체력: 29
내구력: 19
정신력: 20
항마력: 0

특수 능력
오러: 0
마력: 0
신성: 0
저주: 12
각인: 없음

이것은 빅터와 마찬가지로 흑인인 스네이크아이의 능력치였다. 오러도, 마력도, 신성도 0이다. 그러니 이자는 아닐 것이다.

하지만 한 가지 인상적인 것이 있었다. 나는 마지막 측근을 스캐닝하기 전에 스네이크아이를 보며 쓴웃음을 지었다.

"스네이크아이?"

"뭐냐, 병신 레너드."

"스네이크아이가 본명이었군요. 별명 같은 거라고 생각했는데."

"뭐?"

수염이 덥수룩한 스네이크아이의 얼굴에 당혹이 스쳤다. 나는 어깨를 으쓱인 다음, 옆에 있는 마지막 측근인 거구의 남자를 스캐닝했다.

이름: 게오르게 투란

레벨: 1

종족: 지구인

기본 능력

근력: 31

체력: 30

내구력: 24

정신력: 19

항마력: 0

특수 능력

오러: 0

마력: 0

신성: 0

저주: 47

각인: 없음

이것은 빅터의 측근 중에 살인으로 악명 높은 '빅맨'의 능력치였다.

그는 서른 살쯤 되는 아랍계의 남자였는데, 약 2미터의 키에 엄청난 덩치를 가지고 있었다.

난 빅맨에게 미소를 지으며 말했다.

"당신의 진짜 이름은 '게오르게 투란'이군요. 이건 어느 나라의 이름인가요? 이라크? 사우디?"

"튀르크."

빅맨은 짧게 대답했다.

"튀르크? 튀르크가 뭔가요?"

"터키다. 그리고 빅맨은 영어를 잘 못 해."

빅터가 대신 답했다. 그는 가볍게 헛기침을 하며 내게 물었다.

"전부 끝났나? 나는 안 해도 되나?"

"전에 했습니다. 눈에 띄는 특수 능력은 없더군요."

"재미있군. 그럼 답을 알려주겠나? 이 방에 커티스 말고 또 누가 특수 능력을 가지고 있지?"

"마력이나 오라나 신성을 가진 사람은 더 이상 없습니다."

나는 본 대로 솔직하게 말했다.

"하지만 빅맨의 '저주' 스탯이 매우 높습니다. 저는 저주에 대해 잘 모르지만… 이 정도면 저주와 관련된 마법을 쓸 수 있을지도 모르겠군요."

"정답이다."

빅터가 손가락을 튕기며 고개를 끄덕였다.

"이 정도면 믿어주지 않을 수 없겠지. 안 그런가, 모두? 커티스, 너는 어때?"

"불만 없습니다."

이의를 제기했던 커티스가 한 발 뒤로 물러났다. 나는 마음속으로 안도의 한숨을 내쉬며 말했다.

"저는 제가 가진 패를 보여 드렸습니다. 그럼 빅터, 당신도 당신이 가진 패를 보여주시기 바랍니다."

"내가 가진 패? 너는 어차피 그 눈으로 우리가 가진 모든 패를 볼 수 있는 게 아닌가?"

"보이는 건 스텟창의 능력치뿐입니다."

나는 고개를 저으며 말했다.

"마음까지 읽을 수는 없습니다. 그러니 알려주십시오. 당신들이 세우고 있는 탈출 계획에 대해서."

그러자 방 안에 정적이 찾아왔다.

잠시 후, 빅터는 부릅뜬 눈으로 날 노려보았다.

"레너드, 마음을 읽을 수 없다는 말은 조크인가? 사실은 전부 보이는 건가?"

"안 보입니다."

"그런데 어떻게 탈출 계획을 알고 있지?"

"근거를 통한 예측입니다."

"근거? 무슨 근거?"

"가장 큰 근거는 벌꿀입니다."

나는 빅터의 방을 둘러보며 말했다.

"당신은 약 6개월 전부터 이곳의 보스가 되었습니다. 식량을 통제하고 모두에게 동일하게 나눠주는 걸로 수용소의 평화를 되찾았죠. 훌륭합니다. 그런데 단 한 가지만큼은 절대로 그냥 나눠주지 않았습니다. 그게 바로 벌꿀입니다."

"…계속 말해."

"벌꿀은 병에 들어 있어 휴대가 가능하죠. 장기간 보존도 가능하고 열량도 높습니다. 탈출에 성공하더라도 반드시 따라올 식량 문제를 해결해 줄 수 있습니다."

"…단지 그것뿐인가?"

빅터는 한쪽 눈썹을 꿈틀거리며 물었다.

"근거가 부족한 것 같은데?"

"문제는 정작 이 방에 꿀병이 없다는 겁니다."

나는 양팔을 펼치며 말했다.

"간수들은 사흘에 한 번씩 밥을 가져다줍니다. 그때마다 벌꿀도 다섯 병씩 넣어주죠. 그리고 여러분들은 지난 6개월간 그걸 모았습니다. 단순 계산으로도 300병이군요. 그런데 아무리 봐도 이 방엔 꿀이 담긴 병이 안 보입니다."

"……"

"설마 다 먹어치웠을까요? 하지만 그렇다 해도 빈 병이 남아야 합니다. 여기서는 빈 병도 소중한 자원이니까요. 이 방의 어딘가에 산더미처럼 쌓여 있어야 합니다. 하지만 없군요. 기껏해야……."

나는 몸을 숙여 침상 아래를 둘러본 다음 말했다.

"…침상 아래 두세 개 정도밖에 없는 것 같군요. 그럼 나머지는 전부 어디 갔을까요?"

"어디 있다고 생각하나?"

빅터가 물었다. 나는 당연한 듯 어깨를 으쓱이며 말했다.

"물론 숨겨놓았겠죠. 감옥 안의 숨겨진 장소라니… 그야말로 탈옥 시나리오의 정석이 아닙니까? 그래서 저는 당신들이 탈출을 계획하고 있다고 생각한 겁니다."

"…그렇군."

빅터는 고개를 끄덕였다. 그리고 커티스를 보며 말했다.

"커티스, 밖에 도미닉 좀 불러와."

"네, 보스."

커티스는 즉시 밖으로 나가 문 앞을 지키고 있던 도미닉을 불러왔다.

덕분에 나는 빅터를 포함해 총 다섯 명의 남자에게 포위되어 버렸다.

만약 빅터가 날 죽일 생각이라면, 지금이 바로 최악의 상황이라 할 수 있다.

나는 마음의 각오를 다졌다.

지금부터 난투극이 벌어질지도 모른다. 그렇다면 그전에 침상에 걸터앉아 있는 빅터에게 돌진해 그를 인질 삼아 버틸 계획이었다.

하지만 빅터는 공격 명령을 내리지 않았다.

"도미닉, 방금 무슨 일이 있었는지 밖에서 들었나?"

"네, 보스."

도미닉이 무뚝뚝하게 대답했다. 빅터는 천천히 침상에서 일어나며 모두에게 말했다.

"그렇다면 좋아. 그럼 조직의 보스로서, 난 우리 계획에 레너드를 끌어들이도록 하겠다. 반대하는 사람 있나?"

아무도 나서지 않았다. 그러자 빅터는 고개를 돌려 날 바라보았다.

"그럼 레너드, 너는 우리 계획에 들어올 생각이 있나?"

"당연히 들어가겠습니다."

"좋아. 환영한다, 레너드. 그렇다고 날 보스로 부를 필요는 없어. 계획에 끼워준 것뿐이니까. 아직 조직에 들어온 건 아니다."

"알겠습니다, 빅터."

난 고개를 끄덕였다. 빅터는 내게 다가와 어깨를 가볍게 두드리며 말했다.

"너는 가진 걸 모두 우리에게 털어놓았다. 그럼 지금부터 우리도 털어놓도록 하지."

*　　　　*　　　　*

빅터는 커티스를 가리키며 말했다.

"먼저 알아둬야 할 것은 커티스에게 공간을 이동하는 능력이 있다는 거다."

그것은 충격적인 이야기였다.

하지만 그 역시 나의 예상 범위 안이었다.

나는 텔레포트를 쓰던 전생의 귀환자들을 직접 목격했다.

덕분에 식당에서 커티스의 능력치를 확인한 순간부터, 나는 그럴 수도 있다는 가능성을 염두에 두고 있었다.

"텔레포트 말이군요. 신성 마법의 일종이죠."

"역시 신성 마법이었나……."

빅터는 고개를 끄덕이며 말했다.

"그렇군. 우린 너처럼 능력치가 보이지 않기 때문에 이게 신성 마법인지까지는 몰랐어. 그냥 마법과 신성 마법은 계통이 다른 건가?"

"다릅니다. 신성 마법은 마력 스텟을 소모하지 않고 신성 스텟을 소모해서 사용하니까요."

"그런가? 스캐닝은 정말 좋은 능력이군. 그런 것도 알 수 있다니… 어쨌든 커티스와 난 지구에서부터 알던 사이였다. 그래서 이 텔레포트를 바탕으로 함께 일을 도모하기로 했지. 이 지긋지긋한 수용소를 탈출하는 계획 말이야."

빅터와 커티스가 지구에서부터 알던 사이라는 건 중요한 정보였다. 빅터는 눈을 감고 잠시 생각하다 말을 이었다.

"과정이 너무 복잡하니… 결과만 말하겠다. 커티스는 지난 6개월간 간수들의 눈을 피해 수용소 전체를 정찰했다. 심지어 수용소 밖으로 나간 적도 있지."

나는 깜짝 놀라며 물었다.

"이미 탈출에 성공했단 말입니까?"

"탈출 자체는 어렵지 않아. 그다음이 문제지."

빅터는 커티스를 보며 말했다.

"커티스, 자세한 건 네가 설명해."

"알겠습니다, 보스."

커티스는 깍듯이 대답하며 날 노려보았다.

· 7장 ·
고속 수련

"여기가 창고다."

커티스는 움켜쥔 내 팔을 놓고 앞으로 걸음을 옮겼다.

방금 우리는 빅터의 방에서 지하의 창고로 텔레포트를 했다.

나는 내심 감탄하며 커티스에게 물었다.

"텔레포트는 혼자서만 가능한 게 아니었군요?"

"한 명을 추가로 데려갈 수 있다. 하지만 그렇게 하면 발동까지 시간이 걸리고, 또 텔레포트로 갈 수 있는 거리가 줄어든다."

하지만 이곳은 수용소의 바로 '밑'이라 거리는 상관없었다. 커티스는 어둑어둑한 지하 창고를 아무렇지도 않게 걸으며 말했다.

"발 조심해라. 어두우니까."

그렇다고 완벽한 어둠은 아니었다. 나는 커티스를 따르며 지하실의 천장을 살폈다.

"위에서 빛이 약간 들어오는군요. 여긴 복도의 아래입니까?"

"그래. 원래는 지하 창고로 연결된 통로와 계단이 있었지만 전부 폐쇄하고 막아놨다."

"이런 곳이 있다는 걸 어떻게 알았습니까?"

"능력이 없는 너는 잘 모르겠지만……."

커티스는 걸음을 멈추며 날 돌아봤다.

"나는 텔레포트할 수 있는 범위의 공간을 지각할 수 있다. 처음부터 수용소의 지하에 텅 빈 공간이 있다는 걸 느끼고 있었지."

"…그렇군요. 그럼 결국 능력이 두 개인 셈이네요. 텔레포트와 공간지각 능력."

"후자가 더 필요할 때도 있다. 상황에 따라선."

커티스는 손을 뻗어 안쪽을 가리켰다.

"여기가 보관소다. 필요한 만큼 가져가."

그곳엔 오래된 찬장이 놓여 있었다.

찬장의 빈 칸마다 꿀병이 빽빽하게 놓여 있었다. 나는 입에 고인 침을 삼키며 찬장을 향해 걸음을 옮겼다.

문득 찬장이 놓인 곳이 다른 곳보다 좀 더 밝다는 게 느껴졌다. 나는 천장을 올려다보며 물었다.

"여기가 다른 곳보다 조금 더 밝군요?"

"입구의 지하니까. 인간들이 하도 밟아서 복도의 바닥이 벌어졌다. 그래서 빛이 더 들어오는 것 같아."

커티스도 천장을 올려다보며 말했다. 나는 수용소의 입구 쪽에 유난히 삐걱거리던 바닥을 떠올리며 고개를 끄덕였다.

"언젠가 바닥이 무너지면 여기도 들통나겠군요."

"그 전에 탈출해야지. 목소리가 새면 곤란하다. 말은 그만하고 벌꿀부터 챙겨. 자, 여기 담아라."

커티스는 근처에 있던 허름한 바구니를 주워 내밀었다. 나는 행여나 깨질까, 바구니에 꿀병을 조심스레 담기 시작했다.

커티스는 팔짱을 끼며 나지막한 목소리로 물었다.

"레너드, 아까 말한 그게 사실이냐?"

"수련 말입니까?"

나는 꿀병 서른 개를 바구니에 집어넣은 다음 대답했다.

"사실입니다. 이미 한 번 성공해서 오러를 쌓았습니다."

"앞으로 사나흘 동안 간수들보다 강해질 수 있다고?"

"네. 쉽지 않겠지만 시도할 만합니다."

"난 못 믿겠다."

커티스는 날카로운 눈으로 날 노려보며 말했다.

"레너드, 우린 전에 이야기한 적이 있었지. 기억나나?"

나는 레너드의 기억을 빠르게 되짚었다.

확실히 6개월쯤 전에 짧은 이야기를 나눴다. 다만 별로 중요한 내용이 아니었는지, 레너드는 당시의 일을 정확히 기억하지 못했다.

"그게… 6개월쯤 전이었나요? 오래돼서 기억은 잘 안 납니다만."

"별 이야긴 아니었다. 하지만 그때의 너와 지금의 넌 완전히 다른 사람이다. 어떻게 이럴 수 있지? 생존을 위해 지금까지 바보인 척하고 살아온 건가?"

"아닙니다."

나는 가만히 고개를 저으며 물었다.

"커티스, 당신은 1년 전에 이런 세상에 소환되어 자신이 텔레포트 능력을 가질 거라고 상상한 적이 있습니까?"

"그럴 리가."

"저도 마찬가지입니다. 저도 이렇게 변한 제 스스로가 믿겨지지 않습니다."

"단순히 변했다는 건가?"

"어쩌면 이게 제 본 모습이었을지도 모르죠."

난 어깨를 으쓱이며 커티스의 팔을 잡았다.

"아무튼 벌꿀은 감사히 쓰겠습니다. 그럼 다시 방으로 돌아갈까요?"

"…알겠다."

커티스는 눈을 가늘게 뜨며 나지막한 목소리로 말했다.

"배신하지 마라, 레너드. 난 보스처럼 널 믿지 않아."

"명심하겠습니다."

커티스는 여전히 못마땅한 얼굴이었다. 그는 30초쯤 말없이 집중하다 텔레포트를 사용했다.

＊　　　　＊　　　　＊

"이건 또 무슨 일인가!"

방으로 돌아오자 램지가 깜짝 놀라며 소리쳤다. 나는 상의로 덮어놓은 바구니를 바닥에 내려놓으며 말했다.

"지금부터 중요한 일을 할 겁니다."

"중요한 일이라니, 무슨 일이기에 빅맨이 함께 온 건가?"

램지는 불안한 표정으로 함께 들어온 빅맨을 살폈다.

삭막한 인상을 가진 거구의 터키인은 표정도 없고 말도 없이 램지를 노려보고 있었다.

나는 바구니 위의 옷을 다시 집어 입으며 말했다.

"빅맨은 지금부터 경비를 서줄 겁니다."

"경비? 무슨 경비?"

"이 방의 경비 말입니다."

나는 램지에게 가까이 붙어 속삭이듯 부탁했다.

"그리고 지금부터 레너드라 불러주세요."

"응? 아, 알겠네, 레너드. 그런데 저 바구니… 설마 전부 벌꿀인가?"

"네, 벌꿀입니다."

"세상에… 빅터에게 대체 무슨 바람이 분 건가?"

노인의 눈이 휘둥그레졌다. 나는 꿀병을 몇 개 꺼내 바닥에 내려놓으며 설명했다.

"서로 협력하기로 했습니다. 일단 저는 이 벌꿀을 바탕으로 수련을 시작할 겁니다. 그걸로 4일 안에 수용소에 있는 모든 간수를 능가할 오러를 만들어야 합니다."

"뭐? 뭐라고?"

램지는 아연실색했다.

아무리 머리가 좋은 천재라 해도 지금의 상황을 단숨에 이해하기는 힘들었던 모양이다.

"자세한 건 나중에 쉴 때 알려 드리겠습니다. 시간이 없어서 당장 수련을 시작해야 하니까……."

나는 바닥에 앉으며 멀뚱히 서 있는 빅맨에게 말했다.

"빅맨, 지금부터 밖에서 이 방을 지켜주시기 바랍니다. 우선 앞으로 3시간은 누구도 이 방에 들어오게 하면 안 됩니다. 부탁드립니다."

"……."

빅맨은 한동안 말없이 날 내려 보았다.

그러고는 몸을 돌려 밖으로 나갔다. 빅맨이 나가자 램지가 안도의 한숨을 내쉬며 말했다.

"휴… 한숨 돌렸군. 미안한 말이네만 빅맨은 근처에 있는 것만으로도 긴장이 돼서."

"네, 저도 마찬가지입니다."

"그런데 레너드, 아니, 주한? 지금부터 나는 뭘 하면 되는 건가?"

램지가 물었다. 나는 차분히 심호흡을 하며 말했다.

"그냥 조용히 있어주시기만 하면 됩니다. 제가 탈진해서 쓰러지기 전까지 말이죠."

"탈진? 아… 알겠네. 그러니까 며칠 전처럼 수련을 통해 인위적으로 탈진 상태가 되려나 보군."

"그렇습니다. 물론 탈진이 목적은 아닙니다만……."

"음, 자세를 보니 명상이라도 하려는 것 같군. 아무튼 알겠네. 말 걸지 않고 조용히 있도록 하지."

램지는 자신의 침상에 앉으며 입을 다물었다. 나는 심호흡을 하며 먼저 스스로의 능력치를 스캔했다.

중요한 건 체력과 정신력, 그리고 오러였다.

체력: 20

정신력: 74

오러: 7

'지금이라도 관두는 게 어때?'

나는 위험을 느끼며 스스로에게 물었다. 그리고 주변의 공기에 끊임없이 움직이는 에너지의 형태를 상상하며 질문에 답했다.

'위험하지만 해야 한다. 이건 절호의 기회야.'

지금부터 내가 할 일은 오러의 수련을 연속으로 계속하는 것이다.

마치 가스통 옆에서 불장난을 하는 기분이었지만, 그래도 강행하는 수밖에 없다.

'하지만 오늘은 다시 살아날 기회가 두 번밖에 안 남았다. 최소한 오늘은 넘기고 하는 게 좋지 않을까? 내일 다시 시공간의 축복이 다섯 번으로 돌아오면?'

나는 또다시 질문했다. 그리고 내가 처한 현실을 떠올리며 질문을 기각했다.

가장 큰 이유는 프레젠테이션 때문이다.

나는 오늘 빅터와 손을 잡았다.

그리고 수련을 통해 강해질 수 있다고 호언장담했다. 그러니 최대한 빠른 시간 안에 그것을 실제로 증명해서 보여줘야 했다.

말하자면, 나는 이미 호랑이 등에 올라탄 셈이다.

어딘가에 도착할 때까지 나는 멈출 수가 없었다.

그리고 전진을 위해 사방으로 뻗어 나가는 노란빛의 전류를 상상했다.

이미 한번 해봤던 작업이라 전보다 훨씬 수월했다.

나는 호흡을 통해 그것을 체내로 받아들였다.

그리고 받아들인 전류를 담을 수 있는 그릇을 만들었다.

사실, 일부러 새롭게 만들 필요는 없었다.

그릇은 이미 내 안에 만들어져 있었으니까.

그것은 물질적인 형태를 가진 그릇이 아니었다. 오직 체내로 받아들인 전류를, 즉 마나를 흡수하기 위한 수용체였다.

그리고 동시에 오러 그 자체이기도 했다.

나는 순간적으로 호흡을 중단했다.

저번에는 대량의 마나를 한 번에 흡수하려다 낭패를 보았다.

그래서 이번에는 처음부터 좀 더 소량의 마나를 가지고 작업을 반복하기로 했다.

몸에 부담이 안 갈 정도로.

이것이 바로 지난 이틀 동안 내가 생각한 비장의 수였다.

몸에 부담이 적을수록 소모되는 정신력이나 체력도 비교적 적을 것이 분명하다.

문제는 정작 마나가 흡수되지 않는다는 것이었다.

'뭐지?'

순간 당황했다.

오러의 그릇은 그 안에 담긴 소량의 마나에 반응하지 않았다.

정확히는 매우 느린 속도로 반응했다.

지금처럼 집중하는 도중에는 시간의 흐름을 정확히 알 수 없다.

하지만 이런 속도라면 못해도 마나를 전부 흡수하는 데 한나절은 훨씬 넘게 걸릴 것이다.

이런, 빌어먹을.

나는 순간적으로 흔들린 집중력을 바로 잡으며 호흡을 재개했다.

이것이 정상이다.

원래 이렇게 천천히 마나를 흡수하는 게 정상일 것이다.

그리고 며칠 전에 내가 쓴 방식은 잘못된 편법이다.

나는 진실을 깨닫고는 탄식했다.

하지만 이제 와서 정상으로 돌아갈 수는 없다.

나는 결국 가지고 있는 모든 정신력을 소모하며 아슬아슬한 외줄타기를 반복해야 할 운명이었다.

오러의 그릇이 반응할 때까지 최대한 많은 마나를 체내에 받아들인다.

그리고 그릇이 반응하기 시작하면 그것을 4등분해서 최대한 천천히 그릇 속으로 흡수한다.

그것은 이틀 전과 똑같은 행위의 반복이었다.

당연히 결과도 같았다.

*　　　　*　　　　*

나는 막힌 숨을 뚫고 심호흡을 하며 눈을 떴다.

"흐어어어……."

그리고 앉아 있던 자세 그대로 앞으로 고꾸라졌다.

"꾸, 꿀……."

눈앞에 미리 놓아둔 꿀병이 보였다. 나는 본능적으로 꿀병을 움켜쥐며 부들거리는 손으로 그것을 열었다.

당장 목구멍으로 들이붓고 싶다.

하지만 그보다 먼저 할 일이 있었다. 나는 본능을 가까스로 억제하며 자신의 능력을 스캐닝했다.

체력: 9

정신력: 6

오러: 14

예상대로 오러가 두 배가 됐다.

그거면 충분했다. 나는 떨리는 손을 애써 움직이며 벌꿀의 뚜껑을 땄다.

아니, 따려 했는데 잘 따지지 않았다.

"이, 이게 자꾸……."

"자, 여기 있네."

그러자 램지가 미리 따놓은 벌꿀을 내 앞에 내밀었다.

"이젠 말 걸어도 괜찮은 거겠지? 여기 하나 따놨으니 마시게."

"가, 감사함……."

나는 말을 채 잇지도 못하고 벌꿀을 받아 마셨다.

벌꿀 100밀리를 한 번에 들이켜는 맛은 어떨까?

당연히 꿀맛이었다.

내가 꿀을 마시는지, 꿀이 나를 집어삼키는지 모를 정도였다.

입안에 흘러들어 온 꿀은 순식간에 넘치는 타액과 섞이며 물 흐르듯 목구멍 안쪽으로 흘러 넘어갔다.

그 맛이 얼마나 달콤하고 부드러운지, 위에 닿기도 전에 식도에서 흡수해 버린 게 아닐까 하는 착각마저 들었다.

그것은 인세에 강림한 찰나의 천국이었다.

약 3초 정도.

"……."

나는 한동안 말을 잇지 못했다.

부들거리던 온몸이 진정되었고, 가물거리던 의식이 순식간에 깨끗하게 회복된다.

그것은 마치 새로 태어나는 기분이었다.

고작 벌꿀 따위에 이런 놀라운 경험을 할 수 있을 거라곤 상상도 못 했다.

나는 즉시 나를 스캐닝했다.

체력: 14

정신력: 47

오러: 14

6까지 떨어졌던 정신력이 불과 1분도 되지 않아 47까지 회복되었다.

심지어 체력도 5나 회복되었다.

이건 대체 무슨 마법이지?

"대단하군……."

나는 빈 꿀병에 손가락을 집어넣고 훑어 먹었다. 그리고 새 꿀병을 들어 단숨에 따 입안에 부어 넣었다.

지금은 벌꿀로 과연 어디까지 회복되는지 실험해야 했다.

나는 순식간에 두 번째 꿀병도 해치웠다.

누가 보면 벌꿀에 중독된 인간처럼 보일 것이다.

하지만 이건 순수하게 생존을 위한 수련에 필요한 과정일 뿐이다. 최대한 빠르게 정신력을 회복해야 곧바로 새로운 수련에 뛰어들 수 있을 테니까.

나는 입에 흐르는 침을 닦으며 애써 스스로를 합리화했다.

솔직히 욕망도 있었다.

생각보다 먼저 내 손은 이미 마음대로 새 꿀병을 뜯고 있었다.

하지만 마약 중독도 아니고, 벌꿀 중독이라면 크게 상관없을 것이다. 나는 빠르게 머리가 맑아지는 것을 느끼며 다시 스캐닝을 했다.

사실 스캐닝할 필요를 못 느낄 정도였다.

지금 내 정신 상태는 평소에 완벽하고 온전할 때의 그 느낌 그대로였다.

체력: 19
정신력: 80
오러: 14

그래, 역시 그랬다.

정신력이 완전히 회복됐다.

아니, 정확히는 그 이상이었다.

"80이라고?"

난 엉겁결에 입으로 말하며 옆에 앉은 램지를 바라보았다.

"80? 그게 무슨 소린가?"

램지는 영문을 모르겠다는 얼굴로 날 마주 봤다. 나는 흑인 노인의 주름진 얼굴을 보며 어이없다는 듯 웃었다.

"하하… 80이 되었습니다."

"뭐가 80이 되었다는 건가?"

"정신력 말입니다."

"정신력?"

"제가 스캐닝 능력을 가지고 있다고 했죠?"

"아, 그럼 스텟이 80으로 올랐다는 건가?"

"네. 오러의 수련 과정에서 정신력 또한 한계치가 올라간 것 같습니다."

"한계치를 알 수 있다는 건… 소모된 정신력이 끝까지 회복 된 모양이군. 이게 벌꿀 두 병의 힘인가?"

"그렇습니다."

램지는 놀랍다는 얼굴로 고개를 끄덕였다.

"그렇군… 그래서 빅터와 협상해서 벌꿀을 얻어 온 건가?"

"그렇습니다. 그리고 벌꿀의 힘은 예상보다 훨씬 뛰어났습니다. 어쩌면 이건 지구의 벌꿀과는 뭔가 다른 힘을 가지고 있는 지도 모르겠군요. 확실한 건 정신력의 회복에 특별한 효능이 있다는 겁니다. 거기에 체력까지……."

"잠시만 주한, 기다리게."

램지는 이해할 수 없다는 표정으로 물었다.

"자네가 지금 하는 이 수련… 목표는 오러를 쌓기 위해서라고 하지 않았나?"

"그렇습니다."

"대체 어떻게 오러를 쌓는 법을 알아냈는지… 그건 묻지 않겠네. 내가 알고 싶은 건 어째서 그걸 하는지야. 이렇게 급하게 할 필요가 있나? 어째서 당장 이곳에 있는 모든 간수를 쓰러뜨릴 힘이 필요한 거지?"

"이유가 있습니다."

나는 좀 전에 훈련소에서 벌어진 일을 설명했다. 램지는 눈을 가늘게 뜨며 탄식하기 시작했다.

"아… 그렇군. 하지만 주한, 자네라면 일단 위 단계로 올라가는 것도 괜찮지 않겠나?"

"그렇지 않습니다. 우선 위 단계로 올라가면 세뇌를 받습니다. 그리고 이곳 2번 수용소는 폐쇄됩니다. 저를 제외한 모두가 몰살당하는 거죠. 그래서 저희들은 사나흘 후에 이 수용소를 탈출할 겁니다."

"탈출!"

깜짝 놀란 램지는 양손으로 스스로의 입을 막으며 주위를 살폈다.

"…은 불가능하다고 하지 않았나! 저들 앞에서 우린 지렁이나 개미 따위에 불과해!"

"동감입니다. 그래서 지금 지렁이가 진화하고 있는 겁니다."

나는 천천히 심호흡을 하기 시작했다. 램지는 부릅뜬 눈으로 날 바라보며 말했다.

"그런 말도 안 되는… 아니, 정말 가능한 건가? 자네는 그렇게 단기간에 저런 초인이 될 수 있나? 이곳에 있는 모든 간수와 동시에 싸워 이길 정도로?"

"초인보다 더 강해질 수 있습니다."

난 담담히 대답하며 물었다.

"그런데 램지 씨, 방금 제가 수련하는 데 시간이 얼마나 지났습니까?"

"시간? 아, 그러니까 대충… 한 시간 정도라네. 시계가 없어서 확신할 수는 없네만."

"그렇군요."

한 시간이면 딱 적당했다.

빅터 일행은 해가 저물 즈음에 방에 들를 예정이었다.

그리고 지금은 대충 정오였다. 그 말은 빅터 일행이 오기 전까지 여섯 번 정도 수련을 더 할 시간이 있다는 말이었다.

나는 즉시 두 번째 수련에 돌입했다.

         *   *   *

나는 두 번째 수련을 끝내고, 또다시 두 병의 벌꿀을 몽땅 입안으로 부어 넣었다.

그리고 생각했다.

'이 벌꿀은 절대로 그냥 벌꿀이 아냐.'

분명히 어떤 마법적인 효과를 가지고 있을 것이다. 그렇게 생각하지 않으면 현재 상황을 이해할 수 없었다.

두 번째 수련 직후의 난 이랬다.

체력: 7

정신력: 9

오러: 20

그리고 두 병의 벌꿀을 마신 다음엔 이렇게 되었다.

체력: 17

정신력: 81

오러: 20

이런 속도면 밤이 되기 전에 오러 스텟이 50을 넘기는 건 확실하다.

그렇다면 빅터에게 뭔가 보여줄 수 있을 것이다.

간수들의 오러가 55 정도였다. 그렇다면 오늘 내로 그놈들만큼 강해질 테지.

힘없는 지구인들을 개처럼 때려잡으며 강제로 훈련시키던 그 녀석들만큼…….

나는 흥분된 마음을 애써 다잡았다. 그리고 즉시 세 번째 훈련에 돌입했다.

남은 벌꿀은 아직 충분했다.

*　　　　*　　　　*

세 번째 훈련 직후, 무언가 변화가 발생했다.

성공적으로 수련을 마치고 벌꿀을 마시려는 순간, 갑자기 강렬한 충격이 느껴졌다.

마치 거대한 바위가 온몸을 후려친 듯한.

하지만 물리적인 통증은 없었다. 나는 쇼크로 활처럼 뒤로 꺾인 몸을 억지로 다잡으며 눈을 질끈 감았다.

"이게 뭐지……."

"왜 그러나, 주한? 빨리 벌꿀부터 마시게."

지켜보던 램지가 불안한 목소리로 말했다.

그 순간, 나는 전율했다.

마치 누군가 내 몸에 흐르는 모든 피를 뽑아내고 대신 다른 피를 부어 넣는 듯한 느낌이다.

지금 내 몸에 대체 무슨 일이 벌어지고 있는 걸까?

나는 내 몸에 찾아온 폭풍 같은 변화에 꼼짝도 할 수 없었다.

그렇게 10초쯤 지나자 폭풍이 사라졌다.

"……."

나는 멍한 눈으로 손에 쥔 꿀병을 바라보았다.

정신도 비교적 멀쩡했고, 손도 떨리지 않는다.

아직 병에 입도 대지 않았다. 하지만 이미 벌꿀을 반병쯤 마

신 듯 의식이 또렷했다

동시에 강한 성취감이 느껴졌다.

이것은 나 자신을 초월한 느낌이다.

나는 꿀병을 바닥에 놓은 다음 스스로의 능력치를 스캔했다.

이름: 레너드 조
레벨: 2
종족: 지구인

기본 능력
근력: 33
체력: 18
내구력: 28
정신력: 33
항마력: 17

특수 능력
오러: 28
마력: 0
신성: 0
저주: 11
각인: 스캐닝(상급) ─ 목표의 모든 정보를 확인할 수 있다. 각

능력의 효과도 확인 가능

초월: 시공간의 축복 ─ 죽으면 5분 전으로 회귀. 하루 5회

퀘스트1: 회귀의 반지를 파괴하라(최상급)

퀘스트2: 레비그라스 차원에서 처음 30일을 생존하라(하급)

퀘스트3: 특수 능력을 습득하라(하급)

퀘스트4: 레벨을 높여라(하급) ─ 성공!

난 반쯤 쉰 목소리로 소리쳤다.

"레벨이 올랐어!"

방금 전의 충격은 레벨이 오른 것에 대한 반작용이었던 것이다.

동시에 기본 능력치가 대폭적으로 올라갔다.

체력이나 정신력은 이미 소모된 상태라 얼마나 올랐는지 확인할 수 없다. 하지만 적어도 '근력'만큼은 얼마나 올랐는지 한번에 계산할 수 있었다.

내 근력은 17이었다. 그것이 33이 되었으니 거의 두 배가 오른 셈이다.

그렇다고 몸에 근육이 늘어나거나 하진 않았다. 나는 몸 전체에 넘치는 힘을 느끼며 전율했다.

"…주한?"

램지가 눈을 껌뻑이며 내 안색을 살폈다. 나는 그를 마주 보며 환한 미소를 지었다.

"램지 씨, 방금 제 레벨이 올랐습니다."

"레벨? 한국어로… 수준이 올랐다는 건가? 아니면 단계?"

"그보다는 게임에서 나오는 레벨에 가깝습니다. 물론 같은 의미겠지만요."

"게임의 레벨이라니, 그건 또 무슨 소린가? 지금까지 자네는 오러를 수련하고 있지 않았나? 그런데 왜 레벨이 오르지?"

램지는 도무지 이해할 수 없다는 얼굴이었다.

물론 나도 레벨에 대한 정확한 개념은 알지 못했다. 그저 경험을 통해 추측한 것을 말할 수밖에 없었다.

"오러의 스탯이 일정 이상으로 오르면 레벨이 오르는 모양입니다. 저도 정확히는 모르지만… 오러 스탯 25마다 레벨이 1씩 오르는 게 아닐까 싶습니다."

"그 무슨… 인간의 몸에 그런 메커니즘이 숨어 있었단 말인가? 놀라운 일이군. 그런데 레벨이 오르면 뭐가 좋아지나?"

램지는 감탄을 거듭하며 물었다. 나는 일단 자리에서 일어나며 허공을 향해 주먹을 뻗었다.

"기본 능력이 오릅니다."

부웅!

단순히 주먹을 내질렀는데 바람을 가르는 소리가 들렸다.

물론 간수들의 힘에 비할 바는 아니다.

하지만 굳이 테스트를 하지 않아도, 내 몸에 깃든 힘이 인류의 한계에 근접했다는 것을 느낄 수 있었다.

"좋아……."

난 주먹을 움켜쥐며 여러 번 앞으로 내질렀다.

붕!

붕!

부웅!

하지만 이런 걸로는 부족했다. 당장에라도 상승한 근력을 테스트하고 싶어 몸이 근질거렸다.

당장 밖에 있는 빅맨이라도 데려와서 테스트를 하고 싶었다.

나는 빅맨의 빅 자가 목구멍까지 올라오는 것을 참으며 고개를 저었다.

'그럴 필요 없어. 지금은 아직 수련 중이다. 내가 때려눕혀야 할 건 빅맨이 아니라 간수야. 이 정도론 아직 턱없이 부족하다.'

난 흥분된 마음을 다잡으며 다시 바닥에 주저앉았다. 그러자 고개를 갸웃거리던 램지가 물었다.

"자네의 이야기대로라면 그 레벨 업과 각성이란 동일한 개념 같군. 그런데 다시 수련을 시작할 셈인가?"

"네. 일단 꿀부터 마시구요."

난 바닥에 놓인 벌꿀 두 병을 연달아 마신 다음 말을 이었다.

"레벨이 오른 덕분에 소모되었던 능력치가 회복되었습니다. 아마도 최대치가 오른 만큼 회복된 거겠죠."

"그렇군. 그런데 잠시 화장실 좀 다녀와도 되겠나? 물도 새로 떠 와야 할 것 같고 말이네."

"아, 죄송합니다. 물은 제가 떠 와야 하는데……."

"아니, 일어나지 말게."

램지는 일어나려는 날 제지했다. 그리고 방구석에 놓인 널찍한 바가지를 집어 들며 문 쪽으로 걸어갔다.

"자넨 좀 쉬고 있게. 수련은 내가 돌아오면 다시 하지."

"알겠습니다."

나는 순순히 고개를 끄덕였다.

어차피 당장 수련을 위해 집중하긴 어려웠다.

먼저 고양된 기분을 가라앉혀야 한다.

레벨이 오르고, 스텟이 엄청나게 오른 덕분인지 뜨거워진 몸이 쉽게 가라앉질 않았다.

그리고 그 전에 확인할 것도 있었다. 나는 다시 한 번 스스로를 스캐닝하며 스텟창을 열었다.

확인할 것은 퀘스트였다.

퀘스트1: 회귀의 반지를 파괴하라(최상급)

퀘스트2: 레비그라스 차원에서 처음 30일을 생존하라(하급)

퀘스트3: 특수 능력을 습득하라(하급)

퀘스트4: 레벨을 높여라(하급) ― 성공!

네 번째 퀘스트에 '성공!'이라는 설명이 붙어 있다.

실제로 레벨이 올랐으니 당연한 일이다.

하지만 퀘스트라는 존재 자체가 의문투성이였다.

'이 퀘스트는 대체 어떤 존재가 준 거지? 단순히 스텟창에 함

께 표시된 문자일 뿐인가? 달성한다고 딱히 어떤 일이 발생하진 않는 건가?'

난 네 번째 퀘스트의 맨 끝에 붙어 있는 '성공!'이란 단어를 노려보며 스스로에게 물었다.

그러자 순간 스텟창이 사라지며 새로운 문자가 눈앞에 나타났다.

[퀘스트 성공. 보상을 고르시오.]

보상?

난 갑작스러운 변화에 당황과 호기심을 동시에 느꼈다.

보상이라니, 대체 뭘 보상으로 준다는 거지?'

그러자 마치 내 마음을 읽은 듯, 눈앞의 문자가 새로운 것으로 변했다.

[보상은 아래 세 가지 중에 하나를 고를 수 있다.]
[1. 기본 능력의 상승]
[2. 특수 능력의 상승]
[3. 각인 능력의 등급 상승]

곧바로 2번에 눈이 돌아갔다.

특수 능력 중에는 오러가 있다.

그리고 오러를 일정 수치 이상으로 높이면 레벨이 오르며 기본 능력이 강해진다.

그렇다면 당연히 오러를 높이는 게 최선이 아닐까?

'하지만 3번도 신경 쓰이는데……'

나는 잠시 고민했다.

3번은 각인 능력의 등급 상승이다.

그리고 난 '스캐닝'이라는 각인 능력을 가지고 있다.

물론 회귀를 하며 스캐닝 능력이 상급으로 올라갔지만, 여기서 더 위가 존재하는지 궁금했다.

'첫 번째 퀘스트의 등급이 '최상급'이라고 되어 있다. 그렇다면 다른 능력도 최상급이라는 등급이 존재할지도 몰라……. 하지만 당장은 조금이라도 더 빨리 강해지는 게 중요하다.'

나는 10초 정도 더 고민한 다음 결정을 내렸다. 그리고 눈앞에 보이는 선택지 중에 2번에 시선과 의식을 집중했다.

'2번이다. 난 2번을 고른다……'

그러자 또다시 문자가 변했다.

[특수 능력은 아래 세 가지 중에 하나를 높일 수 있다.]
[1. 오러]
[2. 마력]
[3. 신성]

어째서 '저주'는 높일 수 없는 걸까?

물론 당장 중요한 일은 아니다. 나는 즉시 1번에 의식을 집중했다.

팟!

그러자 눈앞에 떠 있던 문자들이 사라지며 시야가 깨끗하게 돌아왔다. 나는 짧게 한숨을 내쉬며 고개를 저었다.

당연한 듯 선택했지만, 그 자체가 너무도 비현실적인 일이라 헛웃음이 나왔다.

"하하… 이 무슨 말도 안 되는 경험인지……."

나는 고개를 저으며 스텟창을 확인했다.

물론 확인할 것은 오러였다.

오러: 38

한 번에 오러가 10이 올랐다.

나는 주먹을 불끈 쥐며 생각했다.

'진짜 스텟이 오르는군. 대체 어떤 존재가 이런 일을 할 수 있지?'

아마도 신일 것이다.

'시공간의 축복'이라는 초월 능력의 이름을 볼 때, 아마도 시공간의 신이 아닐까?

그리고 시공간의 신이 내게 퀘스트를 주고 있다.

그것은 지극히 단순한 추리였다.

당장 그 이상의 것은 떠올릴 수 없었다. 나는 스텟창에 남아 있는 세 개의 퀘스트를 노려보며 고개를 저었다.

'하지만 신이 왜 나를 돕고 있는 거지?'

알 수 없다.

그리고 지금 내 형편에, 그런 형이상학적인 복잡한 것을 고민할 여유는 없다.

당장 힘을 키워 이 수용소에서 탈출하고, 4년 후부터 시작될 귀환자들의 지구 귀환을 막아내야 한다.

그래서 난 현실적인 문제에 집중했다.

아무래도 레벨은 특수 능력의 스텟이 25 단위로 높아질 때마다 오르는 것 같다.

그렇다면 현재 오러의 스텟이 38이니, 앞으로 12만 더 높이면 레벨이 3으로 오를 것이다.

'그러고 보니 간수도 레벨은 3이었다. 하지만 이 정도 성장 폭으로는 간수의 기본 능력에 한참 못 미칠 것 같은데?'

가장 먼저 만났던 '로아누 잘만'이란 간수의 근력 스텟은 무려 130이었다.

반면 나는 레벨이 2가 되었을 때 근력 스텟이 17에서 33으로 올라갔다.

성장 폭이 동일하다고 보면, 레벨 3이 된 나의 근력 스텟은 49가 될 것이다.

왜 레벨이 같은데 근력이 두 배 넘게 차이가 나는 걸까?

인간마다 성장 폭이 다르기 때문일까?

그렇다면 지금 내 육체의 레벨에 따른 성장률이 매우 후지다는 것을 의미한다.

레너드에겐 미안한 말이지만, 달리 설명할 방법이 없었다.

나는 만약 빅터나 빅맨의 몸으로 회귀했으면 얼마나 좋았을 지 상상하며 길게 한숨을 내쉬었다.

그리고 동시에 내가 저지른 실수에 탄식했다.

"아… 이런, 제길……."

나는 퀘스트 성공의 보상으로 오러 스텟 10을 선택했다.

하지만 어차피 오러 스텟은 한 번 수련할 때마다 평균적으로 7씩 오른다.

즉, 내가 선택한 보상은 실제로 한 시간 반만 투자하면 얻을 수 있는 스텟이었다는 말이다.

이 생각을 5분 전에 떠올리지 못한 것이 바로 나의 실수였다.

나는 순간적으로 자살에 대한 충동을 느꼈다.

지금으로부터 5분 전으로 돌아가서, 오러가 아닌 다른 것을 퀘스트의 보상으로 선택하고 싶다.

"하, 문주한? 지금 네 목숨 두 번 남았다. 쓸데없는 생각 하지 마."

난 스스로에게 코웃음을 치며 눈을 감았다.

그것이 죽음으로 직결되지 않는 이상, 과거를 후회하는 건 무의미하다.

내가 할 수 있는 것은 오직 앞으로 나가는 것뿐이었다.

마침 램지가 방으로 돌아오며 한숨을 내쉬었다.

"휴… 빅맨이 문 앞에 있는 건 아무래도 적응이 안 되는군."

"지금부터 동료입니다. 너무 신경 쓰지 마세요."

나는 가볍게 말했다. 그리고 램지가 가져온 물을 몇 모금 마신 후, 즉시 네 번째 수련에 돌입했다.

· 8장 ·
두 번째 레벨 업

오러: 42

이것은 내가 네 번째 수련을 끝내고 확인한 오러 스텟이다.

그것은 불길한 징조였다. 지금까지의 1회 수련으로 얻은 오러의 스텟은 평균적으로 7이었다.

7이 두 번 올랐고, 6과 8이 한 번씩이다.

그리고 이번엔 4가 올랐다.

나는 오러가 42가 된 스텟창을 보며 눈살을 찌푸렸다.

'과정은 전과 똑같았다. 뭐가 문제지?'

물론 고민한다고 답이 나올 리 없다. 나는 벌꿀을 두 병 마시고, 잠시 휴식을 취한 다음 곧바로 다섯 번째 수련에 돌입했다.

그리고 다섯 번째 수련이 끝났을 때, 내 오러 스텟은 46이
되어 있었다.

이번에도 스텟이 4가 올랐다.

여섯 번째 수련이 끝났을 때는 3이 올랐다. 하필이면 49에서
멈춰 버려 레벨 업을 할 수 없었다.

1만 더 올랐으면 바로 레벨 업인데…….

난 초조함을 느끼며 일곱 번째 수련을 시작했다.

이상을 느낀 건 그때부터였다.

사방에 가득 찬 노란빛의 전류를 상상하기가 어려워졌다.

아무리 집중해도 쉽사리 마나의 이미지가 떠오르지 않는다.

다행히 한참 동안 노력하자 겨우 형태가 만들어졌다. 하지만
그것도 전에 비해 크기가 작고 기세 또한 약했다.

'뭐지? 집중력에 문제가 생긴 건가?'

마나를 체내에 받아들이고, 그것을 흡수해서 오러로 변환하
는 작업 자체는 차이가 없었다.

하지만 무언가 불길했다.

수련을 마치고 스텟창을 확인하자 그 불길함이 현실로 다가
왔다.

오러: 50

이번엔 오러 스텟이 1밖에 안 올랐다.

그와 동시에, 나는 갑작스럽게 몸에 힘이 쫙 풀리는 걸 느끼

며 그대로 앞으로 고꾸라졌다.

"주한! 뭔가 문제가 생겼나? 빨리 벌꿀부터 마시게!"

램지가 놀란 목소리로 소리쳤다. 나는 손을 들어 괜찮다는 표시를 하며 말했다.

"별거 아닙니다. 일단 레벨 업을 하는지부터 확인하고 나서……."

그 순간, 누군가 내 몸을 세포 단위로 움켜쥐고 뒤흔드는 충격이 시작됐다.

"……."

나는 한 마디도 할 수 없었다. 그것은 말로 형연할 수 없는 쇼크였다.

그리고 레벨이 올랐다는 증거이기도 하다.

그것은 도무지 익숙해질 수 없는 감각이었다.

그런데 전에 레벨 업 했을 때랑 뭔가 다르다.

우선 충격이 시작된 지 30초가 지났다. 그런데도 여전히 온몸에 경련이 일어나며 충격이 멈출 기색이 보이지 않는다.

심지어 충격이 업그레이드되기 시작했다.

전에는 온몸의 혈액이 교체되는 듯한 충격이었다면, 이번에는 온몸의 근육이 새로운 근육으로 변하는 듯한 충격이었다.

그리고 이건 확실히 아프다.

"하윽……."

나는 쥐어짜는 신음 소리를 내며 바닥을 뒹굴기 시작했다.

이건 정신력으로 커버할 수 있는 그런 종류의 통증이 아니다.

"왜 그러나 주한! 이거 큰일난 거 같은데……."

당황한 램지가 굴러다니는 내 몸을 붙잡으려 몸을 숙였다.

그 순간, 바닥을 구르며 회전력이 실린 내 손바닥이 램지의 가슴팍을 가볍게 건드렸다.

동시에 노인이 반대편으로 날아갔다.

쿵!

다이내믹하게 벽에 처박힌 램지는 그대로 자신의 침상 위로 쓰러졌다.

"램지 씨!"

나는 고통 속에서 가까스로 정신을 차리며 소리쳤다.

잠시 쓰러져 있던 램지는 곧바로 몸을 일으키며 대답했다.

"허그… 꽤, 괜찮네. 다치지 않았어."

하지만 가슴팍을 쥐고 있는 오른손에 희미한 빛이 새어 나오고 있었다.

스스로에게 회복 마법을 써야 할 정도로 충격이 컸던 것이다.

'망할! 대체 이 통증은 뭐냐!'

나는 제어할 수 없는 고통에 짜증마저 느꼈다.

그리고 잠시 후, 고통이 시작된 지 3분쯤 지나자 온몸의 통증이 서서히 가라앉기 시작했다.

"후아……."

나는 시체처럼 축 늘어진 채 긴 한숨을 내쉬었다.

바닥엔 내가 흩뜨려 놓은 여러 개의 꿀병이 굴러다니고 있었다.

"휴… 이제 괜찮나, 주한?"

침상 위로 피난 가 있던 램지가 한숨을 내쉬며 물었다. 나는 가까스로 손을 들어 까딱이며 말했다.

"네. 끔찍하게 아팠는데… 이제 좀 진정됐습니다."

동시에 나는 내가 변했다는 것을 느꼈다.

나는 주변에 굴러다니는 꿀병을 하나 집으며 몸을 일으켰다. 하지만 레벨 업 직후의 상황을 파악하고 싶었기 때문에, 벌꿀을 마시는 건 조금 뒤로 미뤘다.

이름: 레너드 조
레벨: 3
종족: 지구인

기본 능력
근력: 68
체력: 8
내구력: 47
정신력: 24
항마력: 31

특수 능력
오러: 50
마력: 0

신성: 0

저주: 11

각인: 스캐닝(상급) — 목표의 모든 정보를 확인할 수 있다. 각 능력의 효과도 확인 가능

초월: 시공간의 축복 — 죽으면 5분 전으로 회귀. 하루 5회

퀘스트1: 회귀의 반지를 파괴하라(최상급)

퀘스트2: 레비그라스 차원에서 처음 30일을 생존하라(하급)

퀘스트3: 특수 능력을 습득하라(하급) — 성공!

나는 마음속으로 탄식했다.

확실히 변했다.

우선 근력이 엄청나게 올라갔다.

레벨이 1에서 2로 올랐을 때보다, 2에서 3이 되었을 때의 상승폭이 훨씬 높았다.

특히 내구력은 조금만 더 올라가면 총알도 튕겨낼 수 있을 정도였다.

하지만 진정으로 변한 것은, 그런 눈에 보이는 스텟이 아니었다.

나는 내 몸에 깃든 오러의 힘을 정확히 느끼고 움직일 수 있었다.

수련할 때는 그저 만들기만 했고, 그것을 직접 움직일 수 없었다.

하지만 지금은 가능했다. 나는 내 몸의 모든 곳에 존재하는

오러의 그릇을 천천히 움직였다.

그러자 몸에서 붉은빛의 기운이 확 하고 올라왔다.

"헛! 주한? 대체 뭔가 그게?"

램지도 기겁을 하며 물었다. 나는 내 몸에 희미하게 맺힌 붉은빛의 오러를 보며 짧은 한숨을 내쉬었다.

"오러입니다, 이게 바로."

"오러? 정말인가? 그럼 진짜 각성한 건가? 단순히 레벨 업이 아니라?"

"네. 그런 것 같습니다. 물론 레벨 업도 했지만요."

난 고개를 끄덕였다.

단순히 오러나 마력을 쌓는 것만으로는 각성이라 부르지 않는다.

각성이란 실제로 그 힘을 발휘할 수 있게 되는 단계를 말한다.

나는 이제 오러를 직접 다룰 수 있다.

그때, 누군가 문을 열고 방 안으로 들어왔다.

"밖에는 정말 한 발도 안 나오더군. 정말 수련에 열중하고 있나 본데……."

들어온 것은 빅터였다. 여유 있게 말하던 빅터는 순간 눈을 부릅뜨며 입을 다물었다.

난 고개를 끄덕이며 말했다.

"어서 오십시오, 빅터. 말씀하신 대로 수련에 열중하고 있습니다."

"그거… 전에 본 적이 있다."

빅터는 내 몸에 솟구친 붉은 오러를 노려보며 침을 삼켰다.

"제롬이란 녀석이 각성에 성공했었지. 그때도 녀석의 몸에서 너처럼 붉은빛이 나고 있었어. 녀석은 바로 위 단계로 승급됐지. 그리고 간수들도 가끔 그 힘을 사용하고……."

"네. 이게 바로 오러입니다."

나는 오러의 흐름을 멈추며 붉은 기운을 꺼뜨렸다. 빅터는 신기하다는 표정으로 물었다.

"그 힘, 마음대로 켰다 껐다 할 수 있는 건가?"

"네, 가능합니다."

"발동시키면 뭐가 좋지?"

"기본 능력치가 오릅니다. 그 밖에 오러 유저만이 가능한 여러 기술을 쓸 수 있죠."

나는 전생의 기억을 떠올리며 대답했다. 빅터는 조심스럽게 다가오며 고개를 끄덕였다.

"그렇군. 정말 4일 만에 간수들보다 강해질 수 있다는 게 허풍이 아니었어."

"아직은 부족합니다. 이건 시작일 뿐입니다. 다만 걸림돌이 생겼는데……."

"걸림돌?"

"아닙니다. 일단 내일도 수련을 해봐야 확신할 수 있겠군요."

나는 마지막 수련으로 오러가 1밖에 안 오른 것을 떠올리며 고개를 저었다.

이것이 일시적인지, 아니면 영구적인 문제인지는 확인되지 않았다. 빅터에게 말한 것처럼 나중에 다시 훈련을 해야 확실히 알게 될 것이다.

빅터는 아무래도 상관없다는 듯 웃었다.

"아무튼 좋아. 아직 결행일까지 사흘이나 남았으니까. 최악의 경우라도 이틀은 남은 셈이지."

"빅터, 내게도 좀 자세히 알려주지 않겠나?"

조용하던 램지가 거기서 끼어들었다. 빅터는 미소와 함께 램지를 보며 고개를 끄덕였다.

"실례했군, 영감. 레너드에겐 아무 소리도 못 들었나?"

"대충은 들었네. 자세한 탈출 계획은 자네가 설명해 줄 거라고 하더군."

"맞아. 그러려고 여기 온 거지. 영감뿐만 아니라 레너드에게도 할 말이 있거든. 레너드, 여기 앉아도 되겠나?"

내가 고개를 끄덕이자, 빅터는 침상에 걸터앉으며 말을 이었다.

"잠시 얼이 빠져 있었군. 들어오자마자 놀라운 것을 봐버려서 말이야. 그래. 우린 사흘 후에 이 수용소를 탈출할 계획이야."

"어리석은 계획이네. 그래, 오늘 아침까지는 그렇게 말했을 테지."

램지는 천천히 고개를 저으며 말했다.

"하지만 이젠 그런 말도 못 하겠군. 레너드가 오늘 강해지는 걸 직접 목격했으니 말이야."

"그거 부럽군. 나도 가능하면 직접 보고 싶었어."

"여덟 시간짜리 다큐멘터리를 보는 기분이었네. 그럼 계획은 정면 돌파인가? 레너드가 간수들을 몽땅 해치우면서?"

"가능하다면. 그게 플랜 B야."

"플랜 A는 뭔가?"

"간수들이 순찰을 돌지 않는 시간을 틈타서 몰래 빠져나가는 거지."

"순찰을 돌지 않는 시간? 그걸 대체 어떻게 아나?"

"이미 알아냈어. 커티스가 텔레포트 능력을 가지고 있으니까."

"텔레포트? 그 무슨… 음, 흔히 말하는 공간을 자유롭게 이동하는 능력 말인가?"

빅터는 고개를 끄덕였다. 램지는 그 설명 하나만으로 대부분의 것을 이해한 듯 탄식했다.

"허어… 그렇군. 그렇다면 간수들의 스케줄도 알아낼 수 있겠지. 그런데 이런 걸 모두 내게 알려준다는 건… 나도 함께 탈출하는 건가?"

"그래. 영감이 거절하면 기절시켜서라도 끌고 갈 테니까 각오 단단히 해두라고."

빅터는 씩 웃었다. 나는 바닥에서 몸을 일으키며 말했다.

"그런데 빅터, 만약 제가 플랜 B가 가능할 만큼 강해졌다고 가정한다면 말입니다."

"이곳에 있는 간수들을 모두 쓰러뜨릴 만큼 강해졌다고 가정한다면 말이지?"

"네. 그런데 그런 일이 벌어졌을 경우, 위쪽에선 얼마나 빠르게 반응할까요?"

"위쪽?"

"신성제국 말입니다. 이곳에 파견된 간수들은 고작해야 말단 공무원 수준에 불과합니다. 위쪽에서 수준이 다른 자들을 보내면 제 힘으론 상대할 수 없습니다."

지금 나는 고작해야 오러 유저의 첫 단계에 발을 내디뎠을 뿐이다.

그리고 내 위에는 여섯 개의 더 높은 단계가 존재한다.

그것도 단지 오러를 다루는 전사에 관해서만 그렇다. 마법사나 신관까지 더해지면 계산조차 할 수 없는 다양한 힘의 우열이 존재한다.

"사실 거기까지 확실하게 알아내진 못했다."

빅터는 찝찝한 표정으로 말했다.

"커티스의 잠입 정찰도 한계가 있어. 만약 이 수용소에서 간수들이 감당할 수 없는 사태가 벌어질 경우… 윗선에서 얼마나 빨리 사태를 수습할 병력을 보낼지는 아무도 몰라."

"최하급 노예 수용소는 이곳을 포함해 모두 다섯 개가 있다고 했죠. 혹시 다섯 개의 수용소를 총괄하는 본부가 근처에 있는 게 아닙니까?"

"커티스도 그런 게 있을 거라 예상하고 최대한 넓은 곳을 정찰했지. 하지만 딱히 눈에 띈 건 없어."

"정찰 범위는 대략 어느 정도 입니까?"

"우리 수용소를 기준으로, 사방으로 10㎞는 확인했다."

그렇다면 어느 정도 안심할 수 있었다.

만약 어딘가에 본부가 있다 해도 상관없다.

거기까지 정보가 도착하는 시간과 그곳에서 사태를 수습하기 위한 새로운 병력을 보낼 때까지의 시간을 계산하면 탈출할 시간은 충분히 벌 수 있을 테니까.

*　　　　*　　　　*

빅터는 빅맨을 데리고 방으로 돌아갔다. 나는 저녁을 먹고 그대로 침상에 뻗어버렸다.

나는 몸을 뒤척이며 가장 편한 자세를 찾았다.

물론 이대로 쉬는 것이 조금 아쉽긴 하다.

시간으로 치면 아직 저녁 일곱 시 정도였다.

남은 벌꿀도 충분하니, 자기 전에 수련을 한 번 더 해서 실험을 하는 것도 나쁘지 않을 것이다.

정말로 하루에 높일 수 있는 오러 스텟의 한계가 50인지.

하지만 문제가 있다.

나는 먼저 스스로의 능력치를 스캔했다.

주목할 것은 체력 스텟이었다.

체력: 20

체력 스텟이 20에서 더 회복되지 않는다.

'이건 어딘가 문제가 있다는 증거다.'

물론 20이라는 숫자가 적은 것은 아니다. 레벨이 1일 때 체력 스텟은 최대치가 26이었으니까.

'그런데 지금은 레벨이 3이다.'

분명 체력 스텟도 최대치가 훌쩍 올랐을 것이다.

그런데도 20 이상으로 회복되지 않는다.

이건 어쩌면 내 몸이 더 이상의 수련을 거부하고 있다는 증거일지도 모른다.

인간의 몸은 하루에 높일 수 있는 스텟의 한계가 있다든가, 각성한 오러 능력에 몸이 적응할 시간이 필요하다든가…….

나는 정신적인 피로함을 느끼며 천천히 눈을 감았다.

물론 정신력 스텟 자체는 벌꿀을 마셔서 충분히 회복된 상태였다.

하지만 스텟창으로는 알 수 없는, 근본적인 피로감과 거부감이 내 머릿속에 자리 잡고 있다.

나는 본능적으로 알 수 있었다. 이것을 회복시킬 수 있는 건 오직 시간뿐이라고.

그리고 수면도.

하지만 자기 전에 해야 할 일이 하나 더 있었다.

나는 스텟창을 열었다. 주목할 것은 퀘스트 항목의 가장 아래 있는 문장이었다.

퀘스트3: 특수 능력을 습득하라(하급) ─ 성공!

오러를 각성했기 때문에, 세 번째 퀘스트 역시 성공한 것이다.

나는 '성공!'이란 단어에 의식을 집중했다.

그러자 곧바로 스텟창이 사라지며 새로운 문장이 나타났다.

[퀘스트 성공. 보상을 고르시오.]

[보상은 아래 세 가지 중에 하나를 고를 수 있다.]

[1. 기본 능력의 상승]

[2. 특수 능력의 상승]

[3. 각인 능력의 등급 상승]

한 번에 선택지까지 우르르 표시되었다. 나는 안타까운 마음으로 첫 번째 보상의 선택을 떠올렸다.

오러 스텟 10의 상승.

이제 와선 더더욱 의미가 없어진 선택이었다.

그렇기 때문에 이번에는 절대 2번을 선택하지 않을 것이다.

내 선택은 3번이었다.

다른 능력은 수련을 통해 높일 수 있지만, 각인 능력은 그렇게 할 수 없으니까.

이번에는 선택에 확신이 있었다. 나는 즉시 선택문의 3번에 의식을 집중했다.

그러자 문장이 사라지며 새로운 선택문이 나타났다.

[현재 등급을 높일 수 있는 각인 능력은 하나다.]

[1. 스캐닝(상급)]

가지고 있는 각인 능력이 하나밖에 없으니 당연한 선택이었다.

나는 스캐닝이란 단어에 의식을 집중했다.

그러자 새로운 설명문이 나타났다.

[스캐닝(상급)을 스캐닝(최상급)으로 등급을 높입니다. 최상급 등급에 도달했으므로, 이 능력은 '초월' 항목으로 넘어갑니다.]

"뭐? 뭐라고?"

순간 당황한 나머지 입으로 중얼거려 버렸다. 그러자 침상에 앉아 빈 병을 닦고 있던 램지가 웃으며 말했다.

"후후… 주한? 자네는 바뀐 이후로 가끔 혼잣말을 하는군. 혹시 자네의 안에 과거의 레너드라도 남아 있는 건가? 그래서 대화라도 하는 건가?"

"…신경 쓰이게 해서 죄송합니다, 램지 씨."

나는 사과로 얼버무리며 눈앞의 설명문에 집중했다.

'무슨 소리지? 스캐닝은 각인을 받아서 생긴 능력인데? 이 능력이 초월 항목으로 넘어간다고?'

나는 스스로의 질문에 대답할 수 없었다.

그리고 그 순간, 나는 번개에 맞았다.

이것은 비유가 아니다.

천장으로부터 날카롭고 번쩍이는 빛이 내 머리로 내리꽂혔다.

아무 소리도 없이.

"레, 레너드? 아, 아니… 주한? 방금… 방금 그거 뭐였나? 비, 빛이 자네 머리 위로 떨어졌는데……."

차분한 램지조차도 이 순간만큼은 말을 더듬었다.

하지만 나는 말 자체를 할 수 없었다.

번개를 맞은 순간 온몸이 마비되었다.

그리고 의식이 흐려졌다. 나는 마지막 힘을 다해 긴 한숨을 내쉰 다음 천천히 눈을 감았다.

"허으어어어어어어……."

• 9장 •
예정 변경

번개에 맞아 의식이 흐려지는 순간, 나는 내가 죽었다고 생각했다.

꼼짝없이.

그러면 5분 전으로 다시 회귀할 것이고, 그렇다면 그때는 절대로 스캐닝 능력의 등급을 높이지 않을 거라고 다짐했다.

하지만 눈을 뜨자 아침이었다.

계속 눈앞에 떠 있던 붉은색의 '2'라는 숫자도 사라졌다.

난 죽은 게 아니었다.

그냥 기절한 채로 밤새 푹 잠들어 버린 것뿐.

나는 텅 빈 방 안을 둘러보며 중얼거렸다.

"램지 씨는… 어디 갔지?"

나는 혼자였다.

물론 그게 중요한 문제는 아니다. 그보다는 어젯밤에 뭐가 어떻게 된지가 훨씬 중요했다.

무언가 번쩍하더니 잠들어 버렸다.

그것은 번개였다.

하지만 이곳이 실내라는 걸 감안하면 결코 번개일 수가 없다.

나는 고개를 들어 천장을 살폈다.

천장은 아무런 흔적 없이 말끔했다.

번개에 맞아 불에 타거나 그을린 흔적이 전혀 없다.

하지만 내가 본 그것은 번개였다.

정확히는 번개와 비슷한 무언가였을 것이다. 나는 당시의 상황을 떠올리며 스스로에게 말했다.

'퀘스트 성공의 보상으로 스캐닝 능력의 등급을 높였다. 그러니까 스캐닝 능력이 각인 능력을 벗어나 초월 항목으로 넘어간다고 했고.'

나는 즉시 스스로에게 스캐닝을 사용했다.

하지만 스텟창이 떠오르지 않았다.

"어?"

순간 당황했다.

스텟창 대신, 처음 보는 화려한 글씨로 새로운 문장들이 떠오르기 시작했다.

[초월 능력 '스캐닝(최상급)'을 획득한 것을 축하한다.]

[초월 능력은 초월체가 인간에게 직접 내리는 각인 능력이다.]
[지금부터 획득한 초월 능력에 대한 설명을 시작한다.]

"어? 지금 뭐라고……."
나는 얼빠진 목소리로 중얼거렸다. 동시에 문장이 사라지며
새로운 문장이 나타났다.

[스캐닝(최상급)은 세상에 있는 모든 사물을 스캐닝할 수 있다.]
[스캐닝(최상급)은 스캐닝한 정보의 세부 정보를 확인할 수 있
다.]
[스캐닝(최상급)은 대상이 쓸 수 있는 모든 스킬을 확인할 수
있다.]
[스캐닝(최상급)은 하루 사용 횟수가 10회로 한정된다.]

그걸로 끝이었다.
당장은 문장의 의미가 모호했다. 확실히 이해한 것은 마지막
문장뿐이었다.
스캐닝을 쓸 수 있는 횟수가 하루에 10회로 줄었다.
원래 20번이었기 때문에 절반으로 줄어든 셈이다.
하지만 그 밖에 무언가 다른 능력이 추가적으로 생긴 것 같다.
나는 묘한 긴장감을 느끼며 다시 한 번 스스로를 스캐닝했다.
이번에는 제대로 스텟창이 펼쳐졌다.

이름: 레너드 조
레벨: 3
종족: 지구인, 초월자(예비)

기본 능력
근력: 71(71)
체력: 73(73)
내구력: 51(51)
정신력: 85(85)
항마력: 38(38)

특수 능력
오러: 50(50)
마력: 0
신성: 0
저주: 11(11)
초월: 시공간의 축복 — 죽으면 5분 전으로 회귀. 하루 5회
초월: 스캐닝(최상급) — 하루 10회
퀘스트1: 회귀의 반지를 파괴하라(최상급)
퀘스트2: 신성제국을 무너뜨려라(최상급)
퀘스트3: 레비교의 대신전을 파괴하라(상급)
퀘스트4: 레비교의 신도를 30명 제거하라(중급)
퀘스트5: 레비그라스 차원에서 처음 30일을 생존하라(하급)

그사이, 새로운 퀘스트가 생겼다.

하지만 퀘스트는 중요하지 않았다. 문제는 내게 새로 생긴 종족이었다.

초월자?

지구인 옆에 초월자라는 새로운 이름이 붙었다. 나는 그것이 무엇을 의미하는지 한참 동안 고민했다.

회귀도 했고, 죽어도 다섯 번은 살아나니까 초월자라는 말인가?

하지만 어젯밤에는 이런 표시가 없었다. 그때도 다섯 번 살아나는 건 똑같았는데.

그렇다면 이게 무슨 뜻일까?

나는 '초월자(예비)'라는 문자에 의식을 집중했다.

그러자 문자가 확장되는 게 느껴졌고, 동시에 오른쪽으로 주석 같은 문장이 새롭게 늘어났다.

[초월자(예비) ─ 초월 능력을 두 개 가진 인간에게 주어지는 칭호. 세 개를 획득하면 초월자가 된다.]

이젠 설명도 해주는 건가?

나는 마른침을 삼키며 놀라움을 속으로 삭였다.

이것은 분명 스캐닝이 최상급으로 오르면서 새롭게 생긴 능력일 것이다.

스캐닝에 떠오른 단어에 의식을 집중하면 설명이 나온다.

나는 그 가설에 테스트를 해볼 겸, '근력: 71(71)'이라는 문장에 의식을 집중했다.

그러자 곧바로 문장이 확장됐다.

[근력 — 육체가 외부에 낼 수 있는 힘과 속도의 종합 능력]

[71(71) — 왼쪽 숫자는 현재 근력. 오른쪽의 괄호에 든 숫자는 보유한 최대한의 근력]

끝내준다.

이젠 스텟의 최대치도 기본으로 보인다. 나는 기분이 확 오르는 것을 느끼며 스스로의 선택에 만족했다.

스캐닝의 등급을 높이는 게 정답이었다.

스텟의 최대치가 보이는 건 확실히 유용했다. 그리고 뭐가 뭔지 자세히 설명까지 해주니 유용함이 배가 되었다.

그리고 이젠 알 수 있었다.

어젯밤에 떨어진 마른하늘의 날벼락은 분명 이 능력을 각인받기 위한 절차였다는 것을.

그렇다면 앞으로 또다시 새로운 '초월' 능력을 획득하게 된다면? 그때도 또다시 번개를 맞고 기절하는 걸까?

그리고 대체 이 번개는 누가 떨어뜨리는 걸까?

그때 램지와 빅터가 동시에 방으로 들어왔다.

"레너드! 정신 차렸군!"

램지는 양손을 치켜들며 내게 다가왔다. 나는 쓴웃음을 지으며 고개를 숙였다.

"걱정 끼쳐 죄송합니다. 제가 기절했던 모양이군요."

"그래. 밤새 아무리 흔들어도 깨어나지 않았네. 난 겁이 나서 빅터에게 상의를 했는데……."

"무사한 걸 보니 다행이야, 레너드."

함께 온 빅터가 내 어깨를 손으로 두드리며 말했다.

"그런데 정말 무사한 건가? 몸에 어디 문제라도?"

"전혀 없습니다. 오히려 밤새 완벽하게 회복되었습니다."

내 스텟은 한계치까지 완벽하게 회복되었다. 분명 초월 능력을 새롭게 얻은 것에 대한 부가적인 효과일 것이다.

빅터는 안심한 얼굴로 고개를 끄덕였다.

"다행이군. 램지가 무슨 번개 같은 게 떨어졌다고 해서 당황했지. 그건 뭐였나? 역시 영감이 잘못 본 건가?"

"램지 씨가 잘못 본 게 아닙니다. 수련 과정에서 좀 특수한 상황이 생겼습니다. 자세한 건 저도 모르지만 일단 나쁜 영향은 전혀 없는 것 같습니다."

여기서 내가 획득한 새로운 능력을 구구절절 이야기할 필요는 없다. 빅터는 근육이라도 확인하려는 듯, 내 팔을 천천히 훑으며 물었다.

"특별히 차이는 없군. 그런데 레너드, 지금 얼마나 강해진 건가? 당장 간수를 상대한다고 가정하면?"

"지금은……."

나는 간수의 스텟을 떠올렸다. 그리고 허풍을 살짝 섞어 말했다.

"지금은 일대일이 가능한 정도입니다. 이런 속도로 이틀이나 사흘 더 수련하면 처음 목표에 근접할 수 있을 겁니다."

"그렇군. 그거 좋아."

빅터는 목소리를 낮추며 속삭이듯 말했다.

"그런데 문제가 생겼어. 우리는 당장 오늘 밤에 탈출해야 해."

"네? 아니……."

난 반사적으로 커진 목소리를 급히 낮췄다.

"어째서입니까? 그새 뭐가 바뀌었습니까?"

"어젯밤에 커티스가 간수들의 숙소를 염탐했지. 녀석들은 지금 철수 준비를 하고 있는 것 같아."

"철수요?"

"내일 짐마차가 도착해서 숙소의 짐을 옮긴다고 하더군. 아무래도 다음 훈련에 네가 통과할 걸 기정사실로 받아들인 것 같아. 이 수용소는 곧 '정리'될 거다."

"그렇다면… 물통도 챙겨가는 건가요?"

핵심은 물통이었다. 빅터는 고개를 끄덕이며 말했다.

"그렇겠지. 탈출하려면 오늘밤에 없어. 커티스가 미리 확인한 물통은 네 개다. 크기로 봐서는 물통 하나당 5리터쯤 물이 들어갈 것 같더군."

"20리터면… 아주 많지는 않군요."

"그래도 그게 어딘가? 하지만 들고 나올 수가 없어. 물통은 간수들 집의 거실에 있는데… 오늘은 간수들이 집을 비우지 않는 날이다."

빅터의 표정이 심각했다.

나는 상황을 즉시 파악하며 물었다.

"…제가 몇 명과 싸워야 합니까?"

"네 명. 원래는 집에 항상 여덟 명의 간수가 대기하고 있어. 하지만 오늘 자정쯤에 한 시간 정도 틈이 생긴다고 해. 네 명이 추가로 순찰을 돌기 위해 나가나 봐."

"…커티스가 이걸 알아내느라 고생이 많았겠군요."

"거의 매일 밤을 정찰에 불태웠지. 어때, 할 수 있겠나? 오늘 하루 수련을 더 하면?"

빅터의 표정이 무거웠다. 나는 한 번도 보지 못한 간수들의 숙소에 있는 거실을 상상했다.

당장 간수 네 명이 있는 공간에 뛰어드는 건 자살행위다.

하지만 오늘 하루를 수련에 올인한다면?

난 생각에 집중했다.

수많은 경우의 수와 예측하기 힘든 변수들이 머릿속을 휘몰아친다.

복잡하다.

하지만 대답은 짧고 간단한 게 좋을 것이다.

"네. 할 수 있습니다."

"좋아. 자정 한 시간쯤 전에 커티스를 보내도록 하지. 난 그 동안 다른 녀석들과 함께 탈출을 위한 준비를 끝내겠다."

"한 명만 입구에 붙여주십시오. 오늘도 하루 종일 방해받지 않고 수련을 해야 합니다."

"좋아. 빅맨을 보내지."

"그리고 벌꿀을 스무 병만 더 가져다주십시오."

빅터는 군말 없이 고개를 끄덕였다. 그리고 1분 1초가 아까운 듯 서둘러 방을 나갔다.

빅터가 나가자 램지가 곧장 물었다

"괜찮겠나, 주한? 예정보다 너무 이른데?"

불안한 표정의 노인을 보며, 나는 한쪽 어깨를 으쓱일 수밖에 없었다.

"해봐야죠. 할 수 있는 데까지는."

*　　　　*　　　　*

인간이 하루에 높일 수 있는 오러 스텟은 50이 한계다.

그것은 실험을 통한 결과였다.

오러를 수련한 지 이틀째. 나는 열 번의 수련으로 또다시 50의 오러 스텟을 높였다.

7, 7, 8, 7, 7, 6, 5, 2, 1, 0.

이것이 각 수련마다 상승한 오러 스텟이다.

정확히는 아홉 번의 수련으로 50의 오러를 높였다.

여덟 번째부터 마나의 이미지를 상상하기 힘들었고, 아홉 번째 훈련에선 너무 작아 알갱이 같은 마나밖에 상상할 수 없었다.

그리고 마지막 열 번째는 아예 마나의 이미지조차 상상할 수 없었다.

정말로 몸이 거부하는 것이다.

몸속의 오러들이 반응 자체를 안 했다. 나는 열 번째 수련을 억지로 끝내며 긴 한숨을 몰아쉬었다.

하지만 이것으로도 충분하다.

아홉 번째 수련이 끝난 시점에서 나는 이미 레벨이 5로 오른 상태였다.

이제는 기본 능력만으로도 간수들을 능가한다.

근력: 114
체력: 121
내구력: 56
정신력: 38
항마력: 45

이것이 회귀 첫날, 내가 유일하게 스캐닝을 했던 간수의 스텟이었다.

근력: 116(134)
체력: 68(117)
내구력: 70(72)
정신력: 90(90)

항마력: 65(88)

그리고 이것이 레벨 5가 된 나의 기본 스텟이다.

레벨 3이었던 오늘 아침에 비해 근력은 63이 올랐고, 체력은 44가 올랐으며 내구력도 21이 올랐다.

이제 남은 건 자정이 될 때까지 푹 쉬며 떨어진 스텟을 가능한 최대치까지 회복시키는 것뿐이었다.

"할 수 있는 건 다 했어……."

나는 두 병의 벌꿀을 마시고, 램지 씨가 가져다준 고기를 잔뜩 먹은 다음 그대로 침상 위에 뻗어버렸다.

그런데 이걸로 괜찮을까?

물론 기본 능력은 간수보다 전체적으로 높다.

하지만 완전히 압도하는 건 아니다. 그런데 네 명의 간수를 동시에 상대해야 하는 것이다.

하지만 이쪽엔 엄청난 이점이 있다.

바로 정보와 기습이다.

일단 나는 간수들의 스텟을 알고 있다. 또 그들이 어떻게 싸우고, 어느 정도 힘을 낼 수 있는지도 알고 있다.

그것은 과거에 귀환자들과 싸워봤기 때문이다.

나는 좌절과 오욕으로 점쳐진 전생의 기억을 떠올렸다.

지금 간수들은 초기 귀환자와 비슷한 수준의 힘을 가지고 있다.

그들은 1단계 오러 유저다.

우린 귀환자들을 잡을 때마다 그들의 능력을 세분화하고, 테스트하면서 모든 정보를 축적했다.

나 역시 처음엔 일개 보병 지휘관으로 전선에 함께 나서서 그들과 싸웠다.

나중에 고급 지휘관이 되어 귀환자들에 대해 밝혀낸 모든 정보를 획득했다.

덕분에 저들이 어느 정도의 힘을 낼 수 있고, 얼마나 빠르게 움직이며, 어느 정도의 타격에 손상을 입는지 정확히 알고 있다.

그것을 알면 이길 수 있다.

설령 내가 저들과 완전히 같은 힘을 가지고 있다 해도, 그리고 4 대 1로 싸운다 해도 이길 수 있다.

그것이 정보와 경험의 차이다.

심지어 내겐 기습의 이점도 있다.

간수들은 오늘 밤에 내가 공격하는지 꿈에도 모르고 있을 것이다.

그것만으로 전술적 우위는 결정적이었다.

만약 나이프 같은 게 있으면 기습에 더 좋을 테지만, 어차피 내구력이 50이 넘으면 소구경의 권총 탄조차 튕겨내니 상관없었다.

나이프 따위로 가볍게 긋는 정도로는 피부에 생채기도 안 나겠지.

나는 그대로 잠을 청하며 근심을 버렸다.

평정심을 유지하는 것, 그것이 가장 중요했다.

무기가 있든 없든, 승부는 단 한순간에 결판날 것이다.

*　　　　*　　　　*

어둠 속에서 누군가 말을 걸었다.

"일어나라, 레너드."

나는 즉시 눈을 뜨며 몸을 일으켰다.

"커티스 씨? 어떻게 기척도 없이……."

"목소리 낮춰. 보스에게 이야기는 들었지? 지금부터 작전을 시작한다. 챙길 거 있으면 빨리 챙겨."

커티스는 텔레포트로 내 방에 들어온 듯했다. 나는 떠다놓은 물을 몇 모금 마신 다음 말했다.

"이대로면 됩니다."

"좋아. 작전을 설명한다. 램지, 당신도 일단 듣고 있어."

"알겠네."

램지도 침상에서 일어나 고개를 끄덕였다. 커티스는 어둠 속에서 창문 쪽을 가리키며 말했다.

"먼저 저쪽으로 나가서 수로 위쪽으로 올라간 다음 500미터쯤 달린다. 그럼 돌무더기가 나와."

"…네. 돌무더기요."

"거기서 잠시 대기하다 정찰이 지나가면 다시 움직인다. 거기서 1킬로미터쯤 이동하면 간수들의 숙소가 나온다. 숙소 근처에 있는 농장에서 몸을 숨기고 자정까지 기다린다. 그리고 숙소에서 네 명의 간수가 나오고, 그다음에 10분 정도 시간이 경과하면 네가 숙소 안으로 난입해서 남아 있는 네 명의 간수들을 해치운다. 알겠나? 잘 모르겠다 싶으면 있으면 여기서 미리 질문해."

"커티스, 당신은 군인이었습니까?"

"뭐?"

커티스는 눈을 크게 뜨며 당황했다.

나는 가볍게 웃으며 고개를 저었다.

"아닙니다. 다만 궁금한 게 하나 있습니다."

"…뭐지?"

"시계도 없는데 자정인 줄은 어떻게 압니까?"

"달의 위치로 파악한다."

커티스는 손가락으로 위를 가리키며 말했다.

"레비그라스에도 달은 있다. 지난 6개월간 밤하늘을 관찰하면서 간수들의 행동 패턴을 확인했다. 간수들은 정해진 시간에 맞춰 놀라울 만큼 정확히 행동하지."

"그렇군요. 알겠습니다."

난 고개를 끄덕였다. 커티스는 내 팔을 가볍게 잡으며 말했다.

"혹시 다른 노예들의 눈에 띄면 곤란하니 여기선 텔레포트로 나간다."

그리고 눈을 감고 30초 정도 집중하기 시작했다. 나는 커티스 너머에 앉아 있는 램지를 보며 가볍게 엄지손가락을 들어

보였다.

"다녀오겠습니다."

"무사히 돌아오게. 아, 그러고 보니……."

램지가 급하게 침상에서 몸을 일으키려는 순간, 이미 나는 수용소 밖으로 나와 있었다.

"뭐지? 방금 램지가 무슨 말을 하려고 했지?"

커티스가 수용소를 돌아보며 물었다. 나는 고개를 저으며 설명했다.

"램지 씨는 체력을 일시적으로 높이는 축복을 내릴 수 있습니다. 아마도 떠나기 전에 그것을 해주려는 생각이었을 겁니다."

"시간이 빠듯해. 축복은 돌아와서 받도록 하지."

커티스는 즉시 정면을 향해 달리기 시작했다. 나 역시 그를 따라 달리며 하늘에 떠 있는 달을 살폈다.

그것은 반달임에도 불구하고 지구의 달보다 훨씬 크고 밝았다.

만월에는 훨씬 더 크고 멋진 달이 뜬다.

그것은 레너드의 기억이었다. 나는 언젠가 직접 보게 될 레비그라스의 만월을 기대했다.

그때 앞서 달리던 커티스가 2.5미터 높이의 수직 언덕을 향해 가볍게 뛰어올랐다.

그는 턱걸이를 하듯 양손으로 언덕 위를 붙잡은 다음 능숙하게 몸 전체를 끌어 올렸다.

그리고 나는 아무런 중간 과정 없이 한 번에 언덕 위로 뛰어

올랐다.

"엇······."

순간 커티스의 눈이 휘둥그레졌다.

"이걸 한 번에 뛰어오르다니··· 진짜는 진짜인가 보군."

커티스는 낮은 목소리로 중얼거리며 다시 정면을 향해 달리기 시작했다. 나는 한쪽 어깨를 으쓱이며 계속 뒤를 따라 달렸다.

하지만 이런 건 아무것도 아니다.

나는 전생에 귀환자들이 지구에서 보여준 초월적인 위용들을 머릿속에 떠올렸다.

그리고 지금의 내 수준이면 귀환자들 중에 어느 정도의 단계에 위치했을지를 가늠했다.

'처음 1년차에 돌아온 귀환자보다는 좀 더 강하려나?'

귀환자들의 힘은 들쑥날쑥했다.

하지만 길게 연 단위로 그래프를 그리면 평균적으로 점점 강해지는 것을 알 수 있었다.

나는 2년차 귀환자들이 보여줬던 능력을 떠올렸다.

지금의 나는 그들처럼 싸워야 한다.

중요한 건 인간의 한계에 얽매이지 않는 것이다.

물론 자신은 있다. 하지만 이런 식으로 싸우는 실전이 처음이라는 것이 변수였다.

초인의 싸움.

나는 과연 내가 생각한 대로 육체를 컨트롤할 수 있을까?

그렇게 한참을 달리자, 커티스가 갑자기 속도를 낮추며 손가락을 입에 댔다.

어둠 속에서 사람만 한 크기의 돌무더기들이 달빛을 받으며 모습을 드러냈다.

커티스는 발소리를 감추며 이동한 다음, 그중에 특히 커다란 바위 옆쪽으로 몸을 숨겼다.

나 역시 그를 따라 바위 사이에 몸을 넣었다. 커티스는 귓가에 입을 대며 모기만 한 목소리로 말했다.

"내가 됐다고 할 때까지 여기서 기다린다. 소리 내지 말고 가만히 있어."

"알겠습니다. 그런데 이 돌무더기는 뭔가요?"

나도 속삭이듯 물었다. 커티스는 양손을 좌우로 벌리며 짧게 대답했다.

"경계. 이제 입 닥치자."

경계? 무슨 경계?

하지만 더 이상 질문할 수는 없었다. 돌무덤 건너편을 노려보는 커티스의 표정이 심상치 않았다.

그는 여기서 간수들의 정찰이 지나갈 때까지 기다리고 있었다.

나는 그가 지구에 있을 때 군인이었다는 것을 확신했다. 아마도 수색병과가 아니었을까 싶었다.

그래봤자 기본 스텟은 평범한 인간이었다.

하지만 나는 이미 인간의 한계를 초월했다. 멀리서 움직이는 인간도 그보다 쉽게 감지할 수 있었다.

기본 스텟에는 보이지 않지만, 나는 '감각'이라 부르는 것들이 부쩍 예민해졌음을 자각했다.

하지만 당장은 커티스의 오랜 경험을 믿기로 했다.

지금 내가 그보다 훨씬 더 먼 곳의 인기척을 감지할 수 있다 해도, 그것은 단지 물리적으로 그렇게 할 수 있는 것뿐이었다.

그보다는 간수가 어디서 어디로 움직이고 있는지, 평소와 같은지, 혹은 무언가 다른지를 알아내는 게 더 중요했다.

그래서 난 침묵했다.

동시에 돌무덤 건너편의 어딘가에서 누군가의 발소리가 느껴졌다.

아마도 간수일 것이다.

나는 티를 내지 않고 커티스의 표정을 살폈다.

커티스는 아직 간수의 접근을 확인하지 못한 듯하다.

하지만 약 5초 후, 집중하고 있던 커티스의 표정에 강한 파문이 번졌다.

"……!"

그는 내 쪽으로 손바닥을 뻗었다. 군대의 수신호로 멈추라는 뜻이다.

어쨌든 꼼짝하지 말라는 의미겠지.

나는 꼼짝하지 않고 간수의 발소리에 집중했다.

툭, 툭, 툭, 툭…….

최대한 근접한 곳까지 다가온 다음, 다시 반대편으로 멀어졌다.

동시에 커티스의 표정에 안도가 스쳤다.

커티스는 그 자세 그대로 5분을 더 기다렸다. 그리고 날 돌아보며 작은 목소리로 말했다.

"이제 움직인다. 가능한 소리 내지 말고."

다시 이동이 시작됐다.

돌무더기 사이사이를 소리 없이 지나가는 건 꽤나 어려운 일이었다.

조심스럽게 폭이 20미터쯤 되는 돌무덤을 넘어가자, 커티스는 다시 속도를 높여 달리기 시작했다.

그렇게 다시 한참을 달리자 멀리 허름한 교회 같은 건물이 어렴풋이 보였다.

"이쪽으로."

커티스가 고개를 틀며 왼쪽으로 움직였다. 그를 따르자 울타리가 쳐진 농장이 나타났다.

커티스는 울타리를 넘은 다음 안쪽에 몸을 숨기고 고개만 밖으로 내밀었다.

나도 똑같이 따라 하며 물었다.

"정찰할 때 항상 이렇게 왔던 겁니까?"

"흥, 그럴 리가."

커티스는 코웃음을 치며 대답했다.

"혼자 올 때는 중간중간 텔레포트를 썼다. 지금은 널 안내하느라 위험을 감수한 것뿐이야."

"텔레포트의 최대 범위가 어느 정도인가요?"

"약 120미터. 최대 범위로 하루에 다섯 번 정도 이동할 수 있다. 연속으로 쓰면 더 줄어들고."

"사람을 데리고 쓰면요?"

"10미터가 한계다. 마찬가지로 하루에 다섯 번이 한계지."

커티스는 정확히 대꾸하면서도 교회를 닮은 건물에서 눈을 떼지 않았다.

저것이 바로 간수들이 살고 있는 숙소였다.

나는 숙소와 농장과의 간격을 눈대중하며 물었다.

"당신은 텔레포트할 수 있는 범위의 공간을 지각할 수 있다고 했죠?"

"그래."

"그럼 그 공간에 인간이 있는지도 감지할 수 있는 겁니까?"

"내가 감지할 수 있는 건 공간이 비어 있는지, 차 있는지에 대한 구분뿐이다."

커티스는 눈을 가늘게 뜨며 말했다.

"그리고 움직이는 것도 감지할 수 있다. 무언가 형태가 움직인다면… 그게 인간이겠지."

"지금 숙소 안에는 몇 명이 있습니까?"

커티스는 잠시 침묵하다 대답했다.

"여덟 명. 예상대로다."

"곧 네 명이 밖으로 나갑니까?"

"예정대로라면 그렇지."

커티스는 밤하늘의 달을 올려다보았다.

"이제 금방이다. 네 명의 간수가 두 명씩 나눠져서 시계 방향과 반시계 방향으로 수용소 전체를 순찰한다."

"다른 간수들은 언제 숙소로 돌아오나요?"

"평균적으로… 20분 안에 먼저 순찰을 떠난 간수들이 두 명씩 돌아온다. 그러니 최대한 빨리 끝내는 게 좋아. 자칫 시간을 끌면 추가로 돌아오는 간수들을 상대해야 할 수도 있다. 일정이 당겨진 덕분에 19명의 간수를 동시에 상대하는 건 어렵겠지?"

난 고개를 끄덕였다.

등 뒤의 농장에서 짙은 흙냄새와 동물의 분뇨 냄새가 풍겼다.

수용소 밖은 사막인데, 이곳은 평범하게 농작물을 기르고 있는 것이다.

'그럼 여긴 사막 안의 오아시스 같은 곳인가? 하지만 그렇다 해도 노예와 간수들이 소비하는 식량을 계속 생산할 수는 없어. 어딘가 다른 곳에서 운반해 오는 걸 테지.'

당연한 이야기였다. 고기와 채소는 어찌어찌 여기서 만들어낸다 쳐도, 벌꿀을 사막에서 만드는 건 불가능할 테니까.

그다지 멀지 않은 곳에 정상적인 땅이 있을 것이다.

그리고 그곳에 신성제국의 본거지가 있겠지…….

나는 언젠가 공격해야 할지도 모르는 신성제국의 본거지를 상상했다.

내가 회귀한 이유를 생각하면 그것은 멀지 않은 미래에 벌어질 일이었다.

재미있는 사실은 스텟창에 '신성제국을 무너뜨려라'라는 퀘스트가 새로 생겼다는 것이다.

물론 내 목표는 처음부터 퀘스트와는 전혀 상관이 없었다.

'인류의 멸망은 이 레비그라스 차원의 귀환자로부터 시작됐다. 앞으로 4년 후부터 시작된다. 그렇다면 그 전에 귀환자를 만들어 보내는 세력을 궤멸시켜야 한다……'

나는 다시 한 번 목표를 다짐했다.

물론 처음부터 이런 목표를 세운 건 아니다.

회귀의 반지를 사용하기 전에 내가 예상한 회귀 장소는 당연히 지구였다.

나는 내가 가진 지식과 미래의 역사를 통해, 지구로 돌아오는 귀환자들을 효율적으로 상대하며 물리칠 계획을 가지고 있었다.

물론 인간들의 군대와 함께.

하지만 지금 여긴 나 혼자였다.

나 혼자서 레비그라스에서 가장 강력한 국가와 세력을 상대로 싸워야 하는 것이다.

내가 걸 수 있는 건 목숨뿐이었다.

물론 나도 살고 싶었다.

하지만 혼자 살아남아 봤자 아무 의미가 없다.

나는 모든 것이 멸망한 최후의 순간들을 떠올렸다.

그리고 거기까지 이르는 모든 처참한 전쟁과 파괴의 과정들을 떠올렸다.

결국 인간이란 단어는 죽음이란 단어와 같은 의미를 가지게 되었다.

그렇기 때문에 나는 이제 와서 다른 길을 선택할 수가 없다.

"레너드, 아까부터 왜 그러지? 뭔가 알겠나? 왜 자꾸 고개를 끄덕이나?"

함께 있던 커티스가 의아한 표정을 지었다. 나는 쓴웃음을 지으며 고개를 저었다.

"아니, 습관입니다. 혼자 생각할 때마다 고개를 자꾸 끄덕이더군요."

"습관인가. 아무튼 집중해라. 숙소 안에서 움직임이 느껴진다."

그리고 잠시 후, 100미터쯤 떨어진 숙소의 문이 열리며 빛이 새어 나왔다.

동시에 네 명의 남자가 차례대로 밖으로 나왔다. 나는 숨을 죽이며 남자들의 모습을 하나씩 살폈다.

"훈련소에서 보던 얼굴이 있군요."

"쉿……."

커티스는 손가락을 입술에 대며 경고했다. 나는 입을 다물며 고개를 끄덕였다.

밖에 나온 네 명의 간수는 커티스의 말처럼 둘씩 짝을 이뤄 좌우로 흩어져 움직이기 시작했다.

우린 그 자리에서 꼼짝도 하지 않고 5분을 더 기다렸다.

"…이제 15분 남았다."

커티스가 마른 입술을 혀로 핥으며 말했다.

"명심해라. 돌아갈 시간까지 생각해서… 10분 내로 안 나오면 난 혼자 돌아간다."

"아니, 10분도 필요 없습니다."

난 고개를 저으며 말했다.

"어차피 결판은 순식간에 날 테니까요. 제가 이기면 물통 네 개를 들고 돌아오겠습니다. 그런데 만약 제가 죽으면 탈출 계획은 어떻게 됩니까?"

"오늘 탈출하는 건 포기한다. 다음 기회를 노려야지."

"원래대로 말입니까? 제가 갑자기 승급할지도 모른다고 나타나기 전으로?"

"그래. 원래대로."

커티스는 대답과 동시에 입술을 깨물었다. 나는 그의 표정에서 진실을 읽으며 눈살을 찌푸렸다.

"짐마차가 왔다는 건 거짓말이군요."

"……."

"뭔가 이상하다는 생각은 처음부터 들었습니다. 아무리 수용소를 폐쇄한다 해도… 마지막 훈련도 시작하기 전에 먼저 짐을 꾸리는 건 너무 성급하죠."

"아니……."

"제가 마지막 훈련에서 통과할지 못할지 정해진 것도 아닌데 말입니다. 그렇다면 당신이."

나는 커티스를 향해 손가락을 뻗었다.

"유일하게 적으로부터 정보를 캐내 오는 당신이, 빅터에게 거짓말을 했다는 말입니다."

커티스의 표정이 순식간에 얼어붙었다. 난 쓴웃음을 지으며 고개를 저었다.

"대체 왜 그랬습니까? 물론 대충 짐작은 갑니다만."

"…믿을 수가 없었다."

커티스는 떨리는 목소리로 겨우 말했다.

"레너드, 네가 4일 동안 수련을 해서… 19명의 간수를 모두 죽일 만큼 강해진다는 이야기를 믿을 수가 없었다."

"제가 거짓말을 했다고 생각한 겁니까?"

"그보다는 허풍이 섞였다고 판단했다."

커티스는 눈을 질끈 감으며 말했다.

"물론… 어떻게 잘되면 기습으로 몇 명 정도는 잡을 수도 있겠지. 그래서 이런 계획을 만들어냈다. 만약 네가 성공하면 우린 오늘 밤에 무사히 탈출할 것이고… 만약 실패하면 원래대로 계획을 돌려놓을 생각이었다."

"각성자가 나오지 않으면 수용소는 한동안 계속 유지될 테니까요."

"그래. 어떻게 되더라도 상관없었다."

난 침묵했다. 커티스는 떨리는 눈으로 날 노려보다 물었다.

"그래서 어쩔 거냐, 레너드? 싸우지 않을 건가? 아니면 여기서 날 죽일 건가?"

난 웃으며 고개를 저었다.

"그럴 리가요. 안 죽입니다."

"그럼 간수들과 싸울 건가? 벌써 5분이 더 지났다. 싸울 거면 지금 당장 해."

"말씀드렸다시피, 싸움은 순식간에 끝날 겁니다."

나는 웅크렸던 몸을 천천히 일으켰다.

그리고 내 몸에 깃든 오러를 움직였다.

그러자 미세한 진동과 함께 붉은빛이 몸 주위로 발산되기 시작했다.

우웅…….

"이게 오러인가……."

커티스는 마른침을 삼켰다. 그리고 결심한 듯 말했다.

"레너드, 난 사과할 생각 없다. 나는 그저 이 지옥 같은 세계에서 내가 할 수 있는 최선의 선택을 한 것뿐이야."

"사과할 필요 없습니다."

난 고개를 저었다.

"저라도 그랬을 겁니다. 의심하고, 생각하고, 뭔가 더 좋은 방법이 없나 끊임없이 고민했겠죠."

"음……."

"빅터나 다른 사람들에게도 말하지 않겠습니다. 이건 그냥 우리들만의 비밀로 해두죠."

난 가볍게 웃으며 마음의 정리를 끝냈다.

커티스가 세운 계획은 그야말로 절묘했다. 내가 성공해도, 혹은 실패해도 그들에게 해가 갈 일은 없다.

그는 자신의 동료를 위해 최선의 선택을 한 것뿐이다.

단지 문제가 있다면, 그 동료라는 틀 안에 내가 끼어 있지 않았다는 것뿐.

"나중에 끼어든 주제에 텃세 부릴 생각은 없습니다. 그래도 이걸로 조금은 절 믿어주셨으면 좋겠군요. 이런 지옥 같은 세상에서……."

난 울타리를 넘어 앞으로 나서며 말했다.

"지구인들끼리라도 뭉쳐야죠. 살아남은 지구인들끼리라도."

신성제국 알카노이아의 성도(聖都) 류브.

빛의 신 레비의 대신전이 있는 이 성스러운 도시의 서쪽 끝에 천장이 높고 속이 텅 빈 검은 탑 하나가 홀로 서 있었다.

해가 저물어가는 초저녁.

붉은 망토를 두른 화려한 차림의 청년이 바쁜 걸음으로 탑을 향해 들어갔다.

"할멈! 내가 사람 좀 귀찮게 굴지 말랬지? 왜 자꾸 오라 가라야!"

청년은 탑 안에 홀로 앉아 있는 노파를 향해 소리쳤다.

노파는 청년과는 대조적이었다. 그녀는 누더기 같은 허름한 옷을 걸친 채 오래된 지팡이를 들고 있었다.

눈이 먼 노파가 허공에 지팡이를 뻗으며 말했다.

"루도카, 오늘도 마나의 흐름이 흔들렸다."

"어제도 똑같은 말을 했잖아? 그게 뭐 어쨌다고!"

청년의 이름은 루도카였다. 그는 귀찮다는 얼굴로 어깨를 으쓱였다.

노파는 인상을 찌푸리며 말했다.

"이것은 작지만 예단할 수 없는 변화다. 그것은 그런 곳에 생겨선 안 될 변화지, 루도카. 그러니 네가 가서 확인하고 와라."

"에잉, 귀찮은데……."

"이것은 제국의 적자이자 '언페이트'인 그대의 소명이다. 더 이상 미룰 수 없다. 서쪽으로 향해라."

노파는 루도카가 들어온 입구를 향해 손가락을 뻗었다. 붉은 머리의 청년은 머리카락을 사납게 헝클며 대답했다.

"적자가 무슨 상관? 난 어차피 황제가 내놓은 자식이라 맘대로 해도 된다고. 할멈도 나와 비슷한 처지면서 왜 그렇게 열심히 일하는 거야?"

"그것은 내가 바로 언페이트의 수장이기 때문이다."

노파는 가느다란 눈으로 청년을 노려보았다.

언페이트는 신성제국에서 거의 유일하게 레비의 대신전의 영향을 받지 않는 독립된 조직이었다.

황제조차 대신관의 영향에서 자유롭지 않은 형편이다. 제국에서 간섭받지 않고 자유롭게 움직일 수 있는 것은 오직 언페이트뿐이었다.

루도카는 인상을 찌푸리며 노골적으로 귀찮아했다.

"아무튼 하필 내가 돌아왔을 때… 그래서 어디야? 여기서 서쪽이면 사막?"

"그래. 사막의 수용소가 있는 방향이다."

"거긴… 맞아. 작년에 소환한 지구인들 중에도 최하급 노예들을 데려다 놓은 곳이잖아? 거기 엄청 넓다고. 대규모 수용소만 다섯 개가 있다던데?"

"정확한 위치까지는 알 수 없다. 다만 다섯 개의 수용소 중 가장 서쪽에 있는 곳일 확률이 높다."

"쳇, 어디 보자……."

루도카는 오른쪽 눈을 찌푸리며 자신만이 보이는 지도를 열었다.

맵온(Map—on).

그것은 허공에 특별한 지도를 만들어 여는 각인 능력이었다.

루도카는 지도를 한참 살피다 고개를 끄덕였다.

"서쪽 끝이면 2번 수용소구만. 오… 신전에서 맵온에 세부사항을 올려놨네? 2번 수용소… 여기만 아직까지 각성자가 두 명밖에 안 나왔다는데?"

"그런 건 상관없다."

노파는 고개를 저으며 말했다.

"어차피 우리는 신전의 속박에 묶이지 않은 자들, 언페이트다. 빛의 신의 운명이 아닌, 우리 제국의 운명을 위해 움직일 뿐이다."

"흥, 어차피 지금은 그게 그거 아냐? 제국이나 대신전이
나……."

루도카는 코웃음을 쳤다. 그리고 헛기침과 함께 지도를 끄
며 말했다.

"아무튼 알겠어. 내일 아침 일찍 나가서 조사할게. 어차피 별
일은 없겠지만."

노파는 무거운 목소리로 거절했다.

"아니. 내일이 아니라 오늘이다, 루도카."

"뭐? 오늘? 지금 바로 말이야?"

"그렇다."

"잠깐! 이미 해 저물었어! 텔레포트를 연속해서 써도 오밤중
에나 도착할 텐데?"

"그래도 지금 가야 한다."

노파는 보이지 않는 눈으로 허공을 응시하며 말했다.

"이런 기분은 나의 150 평생 처음이다. 그러니 내가, 언페이
트의 수장인 유메라 크루이거가 명한다."

"잠깐! 정식으로 명령 내리지 마!"

루도카가 급히 말했지만 소용없었다. 노파는 지팡이를 바닥
에 찍으며 명령을 내렸다.

"제국 황제의 차남이자 언페이트의 수호자인 '폐샹 루도카
크루이거'여. 지금 즉시 그곳으로 떠나라. 그리고 조사해라."

"나 참, 그렇게 하면 도망칠 수가 없잖아……."

루도카는 한숨과 함께 고개를 저었다.

"에잉, 귀찮은 것… 그래, 간다! 가! 왜 하필 다른 놈들 전부 자리 비웠을 때 이런 일이 터져가지고는."

"모든 것은 너의 판단에 맡긴다, 루도카. 가서 마나의 흔들림을 해결하라."

"알았다고!"

루도카는 버럭 소리치고는 몸을 돌렸다.

그리고 빠른 걸음으로 언페이트의 탑을 빠져나가기 시작했다. 노파는 고개를 숙인 채 작은 목소리로 중얼거렸다.

"루도카여, 이것이 부디 너의 운명으로 해결할 수 있는 문제이길……."

*　　　　*　　　　*

나는 커티스의 속임수가 마음에 들었다.

그는 훌륭한 군인이다.

내가 예전처럼 지휘관이었다면, 그를 참모에 임명해 작전에 대한 의견을 나눴을 것이다.

귀환자들을 상대로 싸우기 위해.

어떻게든 인류의 멸망을 늦추기 위해…….

나는 전생의 내 모습을 떠올리며 생각했다.

나는 인간을 좋아한다.

지구인 한정으로.

가족이 좋고, 친구가 좋고, 동료가 좋다.

온 세상에 북적거리던 그 모든 인류가 결국 한 줌밖에 남지 않았을 때, 나는 비로소 내가 얼마나 인간을 그리워하는지 깨달았다.

물론 내겐 마지막까지 남은 동료가 세 명 있었다.

하지만 그중 한 명은 신체의 절반 이상을 기계로 교체한 사이보그였다.

또 한 명은 내 나이의 절반조차 안 되는 애송이였다. 물론 애송이라 해도 나완 비교할 수 없을 정도로 강했지만…….

그리고 마지막은 레비그라스 차원에서 귀환한 귀환자였다.

스텔라.

그녀는 말 자체를 별로 하지 않았다.

우리는 정말 최소한의 대화만 나눴다. 물론 그것만으로도 교감할 수 있었지만.

중요한 건 그녀의 힘이었다. 스텔라는 소드 마스터나 아크 위저드 등급의 귀환자만 아니라면, 어떻게든 상대가 가능할 만한 힘을 가지고 있었다.

그리고 나는 그냥 평범한 인간이었다.

내가 끝까지 살아남을 수 있던 것은 단지 그들 때문이다.

박진성, 규호, 스텔라.

그들의 특성을 정확히 파악한 다음, 내가 가진 지식과 경험을 가지고 적재적소에 활용했기 때문이었다.

지휘관이란 그런 것이다.

하지만 지금은 다르다.

나는 마치 적진으로 돌격하는 일개 병사가 된 기분이었다.

자신감으로 충만한 채.

간수들의 숙소 앞에서 나는 내가 가진 모든 오러를 한 번에 발동시켰다.

일렁이는 오러가 어둠 속에서 선명히 모습을 드러낸다.

붉은색의.

그것은 이제 막 오러에 입문했다는 것을 증명하는 '오러 유저'의 상징과도 같은 색이었다.

지금 저 숙소 안에 있는 네 명의 간수도 마찬가지로 오러 유저다.

차이가 있다면, 내가 가진 오러의 총량이 두 배쯤 많다는 것이다.

간수들이 사는 숙소의 문 앞에서 나는 마지막으로 스스로의 기본 능력치를 점검했다.

근력: 184(134)
체력: 167(117)
내구력: 122(72)
정신력: 90(90)
항마력: 138(88)

스텟이 최대치를 돌파했다.

나는 당연한 듯 고개를 끄덕이며 눈앞의 문고리를 붙잡았다.

오러는 단순히 레벨을 높이기 위한 경험치가 아니다.

그것은 자체적인 힘을 가지고 있다. 발동시키면 기본 스텟이 상승한다.

그리고 오러를 소모하며 사용하는 특별한 기술도 있다.

비록 나는 아직 쓸 수 없지만, 전생의 귀환자들은 그것을 활용해 기적과도 같은 일을 해냈다.

칼로 전차를 쪼갠다던가.

혹은 미사일을 직격으로 맞고도 끄떡없이 견뎌내는…….

하지만 지금 내가 할 것은, 그런 초인을 넘어선 경지의 싸움이 아니었다.

나는 문을 열고 안으로 들어갔다.

가장 먼저 오른쪽의 의자에 앉아 있는 간수가 보였다.

상의를 벗고 있는 대머리.

손에 낡은 책을 쥐고 졸린 눈으로 읽고 있었다.

나는 지면을 박차며 그자를 향해 정면으로 돌진했다.

"음?"

대머리가 무심코 고개를 치켜든 순간, 나는 오른손을 쪽 뻗으며 녀석의 안구에 손가락 두 개를 찔러 넣었다.

푸확!

뭉클한 감촉과 동시에 강렬한 진동이 느껴졌다.

"컥……."

짧은 순간, 비명이 신음이 되어 녀석의 목구멍 속을 맴돈다.

동시에 나는 팔을 비틀며 녀석을 들어 올렸다. 그리고 오른

팔의 힘만으로 녀석을 들어 올려 지면에 내리꽂았다.

머리통부터.

콰앙!

그리고 녀석의 안구에 남김없이 박힌 손가락을 뽑아냈다.

생사를 확인할 필요는 없었다.

인간이든 초인이든, 이름에 '사람 인' 자가 들어간 존재는 뇌가 파열되면 죽는다.

그리고 두 번째로 가까운 곳에 있는 간수를 향해 돌진했다.

"이게 무슨……."

그자는 여전히 상황 파악을 못 한 채, 그저 반사적으로 주먹을 휘둘렀다.

느리다.

놀라울 만큼 느리다.

기본 스텟은 물론 출중할 것이다. 하지만 당황한 탓에 가지고 있는 힘을 조금도 발휘하지 못하고 있다.

심지어 아직까지도 오러를 발동시키지 않았다.

덕분에 동료의 안구가 단숨에 꿰뚫리는 것을 목격하고도.

귀환자의 내구력이 아무리 높아도, 눈알은 총알을 튕겨내지 못한다.

그것이 전생의 인류 저항군이 습득한 기본 전술이었다.

오러를 다루는 귀환자가 안구를 보호하기 위해선 추가적으로 오러를 발동시켜야 한다.

나는 간수의 주먹을 가볍게 피하며, 또다시 녀석의 눈알을 향해 손을 내질렀다.

검지와 중지가 정확히 녀석의 안구를 파고든다.

푸확!

녀석은 왼쪽 눈에 피를 뿌리며 뒤로 넘어갔다.

하지만 녀석이 바닥에 쓰러지기 전에 내가 먼저 뒤로 돌아갔다.

그리고 목덜미에 팔을 휘감고 몸 전체로 비틀었다.

우드드득!

경추 여러 개가 한 번에 부러지는 소리가 경쾌하게 울린다.

나는 미련 없이 녀석의 시체를 바닥에 내던졌다.

그리고 몸을 돌려 남은 적을 살폈다.

남은 두 명의 간수는 몸을 잔뜩 웅크리고 있었다.

그들의 표정에서 경악과 두려움이 보인다.

설마 이곳에서.

자신들보다 하등한 지구인들뿐인 이곳에서 불시에 기습을 당할 줄은 꿈에도 생각하지 못했을 것이다.

그래도 경계 태세를 갖추고, 미리 오러도 발동시켜 놓았다.

붉은색의.

하지만 몸 주위에 일렁이는 오러의 기세가 나만 못하다.

당연한 일이다. 내 오러 스탯은 100이고, 녀석들은 50 언저리니까.

다만 손에 쥔 무기의 차이가 있었다.

한 녀석은 손에 몽둥이를 들고 있고, 또 다른 녀석은 짧은 말채찍을 쥐고 있다.

말채찍이 전투에 도움이 될까?

나는 그것을 확인하기 위해 먼저 녀석을 향해 돌진했다.

"이 지구 쓰레기 놈이!"

녀석은 상투적인 말을 내뱉으며 말채찍을 휘둘렀다.

붕 하는 소리와 함께, 파리채처럼 납작한 채찍의 끝이 맹렬한 속도로 날아온다.

빠르다.

이것도 나름 채찍이라고, 끝 부분의 속도가 예사롭지 않다.

하지만 피할 필요는 없었다. 나는 피하지 않고 왼쪽 어깨로 채찍을 받아냈다.

내 몸의 일렁이는 오러가 날아오는 채찍과 반응하며 튕겨냈다.

파직!

나는 순간적으로 오러의 총량이 약간 소멸한 것을 감지했다.

아주 약간.

역시 이건 실전에서 무기로 쓰긴 부족하다. 차라리 주먹이 나을 것이다.

동시에 카운터로 올려 친 내 주먹이 녀석의 아래턱을 파고들었다.

녀석의 오러는 내 주먹을 막아내지 못했다.

파지지지직!

한순간 녀석의 턱 주위에 발동한 오러가 연기처럼 흩어지며 사라졌다.

그리고 쇳덩이가 돌덩이를 후려친 듯한 소리가 울렸다.

빠각!

녀석의 몸이 위쪽으로 50cm쯤 들썩였다.

나는 주먹을 휘두르는 그 어떤 격투기도 배우지 않았다.

하지만 내가 상대보다 훨씬 빠르고, 훨씬 강하다면 격투기 같은 건 전혀 필요 없다.

싸움에 기술이란 서로 비슷한 힘을 가지고 있을 때 필요한 것이다.

푸확!

녀석은 으스러진 아래턱을 덜컥이며 피를 뿜었다.

그리고 나는 녀석의 벌어진 입속으로 가차 없이 주먹을 찔러 넣었다.

내 주먹은 녀석의 이빨을 뚫고 목구멍 안쪽을 강타했다.

우득……!

부드러운 조직 안쪽으로 단단한 무언가가 부러지는 소리가 들린다.

그것은 결정타였다. 나는 단숨에 주먹을 뽑아내며 몸을 돌렸다.

"커어……."

녀석은 신음 소리를 내며 앞으로 고꾸라졌다.

남은 적은 단 하나였다.

"설마… 레너드?"

구릿빛 피부의 간수가 부릅뜬 눈으로 소리쳤다.

그는 내가 회귀한 첫날, 내 머리를 몽둥이로 쳐 날렸던 바로 그 간수였다.

내게 첫 죽음을 선사한 존재.

그때와 마찬가지로 지금도 몽둥이를 들고 있었다.

"너… 각성했군. 그래, 난 네놈에게 무언가 특별한 걸 느꼈다. 그래서 다음 훈련에서 널 승격시키려고 한 건데……."

녀석은 떨리는 목소리로 나불거리기 시작했다.

물론 나는 녀석과 대화할 생각이 손톱만큼도 없었다.

서로 죽이려는 인간들끼리는 대화를 할 필요가 없다.

난 정면으로 돌진했다.

5분 전까지 나는 이 싸움에서 승리를 예상했다.

하지만 가지고 있는 오러를 전부 발동시킨 순간, 나는 예상을 넘어 절대적인 확신을 가지게 되었다.

나는 내가 생각하는 그 어떤 방법으로도 이자들을 죽일 수 있다.

그저 너무 큰 소리가 울리거나 숙소가 파괴되면 안 되기 때문에, 정면으로 쳐 날리는 방법을 피한 것뿐이다.

그것은 이번에도 마찬가지였다.

파직!

얇은 쇠붙이를 두른 몽둥이를 팔꿈치로 받아친 다음, 지면을 박차고 뛰어올라 녀석의 인중에 머리를 들이받았다.

적의 오러가 단숨에 해체되며, 동시에 앞니와 코뼈가 부러지는 소리가 울린다.

우직!

그 한 방에 녀석의 의식은 먼 곳으로 날아갔다.

나는 쓰러지는 적의 몸 위에 올라탄 다음, 텅 빈 목울대를
향해 주먹을 내리꽂았다.

짜득!

징그러운 소리와 함께 컥컥대던 간수의 머리가 축 늘어졌다.

끝났다.

나는 자연스럽게 몸을 일으키며 내가 유일하게 이름을 알던
간수에게 마지막 조의를 표했다.

"잘 가라, 로아누 잘만. 너의 신의 곁으로……."

그리고 다시 거실을 살폈다.

문 근처에 기다란 항아리를 연상시키는 물통 네 개가 놓여
있었다.

물통은 뚜껑으로 밀봉되어 있었다. 나는 의심 없이 그중 하
나를 집어 들고 뚜껑을 열었다.

순간 강렬한 술 냄새가 올라왔다.

이건 물통이 아니라 술통이었다. 나는 즉시 세 병의 술통을
바닥에 비우고, 한 통만 온전히 남긴 채 몽땅 안아 들고 밖으
로 나왔다.

커티스는 감탄한 얼굴로 그곳에 서 있었다.

*　　　　　*　　　　　*

수용소로 돌아온 우리는 그곳에서 미리 대기하고 있던 빅터 일행과 조우했다.

"……!"

빅터는 부릅뜬 눈으로 내가 안고 있는 물통을 바라보았다.

성공에 환호를 지르지 않은 것은 지금이 고요한 한밤중이기 때문일 것이다.

쓸데없이 자고 있는 다른 노예들을 깨울 필요는 없었다. 물론 일부는 지금쯤 불온한 낌새를 눈치채고 일어났을지도 모르지만……

"……"

나는 아무 말 없이 들고 있는 물통 중에 세 개를 바닥에 내려놓았다. 그러자 도미닉과 스네이크아이가 즉시 나서 물통에 물을 담기 시작했다.

"그 한 병은?"

빅터가 작은 목소리로 물었다. 나는 고개를 저으며 짧게 대답했다.

"술이 꽉 차 있습니다."

"술? 지금은 술보다 물이다."

"이 한 병만 가져가죠."

나는 술통을 처음 열었을 때 그곳에서 나던 냄새와 맛을 떠올렸다.

그것은 분명 술이었지만, 동시에 꿀이기도 했다.

"이건 꿀로 만든 술입니다. 분명히 도움이 될 겁니다."

"…알겠다."

빅터는 고개를 끄덕였다. 그리고 미리 준비한 커다란 짐 가방에 5리터짜리 물통 세 개와 술통 하나를 집어넣었다.

짐 가방은 물어볼 필요도 없이 지하의 창고에서 구했을 것이다. 빅터와 도미닉도 저마다 짐 가방을 메고 있었다.

나는 스네이크아이가 꿀병이 가득 찬 또 하나의 짐 가방을 둘러메는 것을 보며 물었다.

"램지 씨는요?"

"여기 있네."

램지는 빅맨의 등에 업혀 있었다. 나는 모든 준비가 끝났다는 것을 느꼈다.

빅터가 나지막한 목소리로 커티스에게 명령했다.

"커티스, 앞장서라."

"네, 보스."

커티스는 고개를 끄덕이며 앞으로 나섰다.

서쪽으로.

그렇게 한참을 달렸을 때, 빅터가 내 옆으로 붙으며 물었다.

"술 냄새 속에 피 냄새가 풍기는군. 네 명 모두 해치웠나? 얼마나 걸렸지?"

"순식간이었습니다."

"혹시 몇 놈 더 만나면 해치울 수 있겠나?"

"물론입니다. 남은 열다섯 명의 간수가 동시에 덤비지만 않는다면요."

"좋아… 든든하군."

빅터는 만족한 듯 고개를 끄덕였다.

하지만 이번 탈출은 달랐다. 우리들은 정찰하는 간수들과 한 번도 조우하지 않고, 그대로 돌무더기를 지나 수용소의 바깥에 있는 경계선을 돌파했다.

나는 멀리 보이는 훈련소를 돌아보며 물었다.

"이제 탈출 성공입니까?"

"추격할지도 모른다. 하지만 이 밤중에 우리가 어느 방향으로 도망쳤는지까지는 모르겠지."

커티스가 자신 있는 목소리로 답했다. 나는 안심하며 계속 다리를 움직였다.

한밤중이라 정확히 알 수는 없었지만, 우리가 달리는 곳은 사막이었다.

그렇다고 발이 푹푹 빠지는 모래사막은 아니다. 비가 내리지 않아 굳어버린 땅 위에 약간의 모래가 덮인 느낌이었다.

그때, 하늘에서 불덩어리가 날아왔다.

불덩어리는 우리가 달리는 정면으로 30미터의 공간에 내리꽂히며 강렬한 폭발을 일으켰다.

콰과과과과과과광!

한순간 사막 전체가 확 밝아지는 듯했다. 나는 깜짝 놀라며 뒤를 돌아봤다.

"간수인가?"

만약 그렇다면 마법을 쓰는 간수일 것이다.

하지만 내가 발견한 건 간수가 아니었다.

그는 한밤중에도 눈에 띌 만큼 화려한 복장에, 멋들어진 장식품을 주렁주렁 매단 젊은 남자였다.

하늘에 떠 있던 남자는 빠른 속도로 우리들의 머리 위를 날아왔다.

"아니?"

동시에 빅터의 당황한 목소리가 들렸다. 다시 몸을 돌리자, 화염구가 폭발한 바로 그 장소 앞에 서 있는 남자의 모습이 보였다.

"자자! 모두 여기서 멈춰!"

남자는 손바닥을 내밀며 소리쳤다.

동시에 내민 손 앞으로 머리통만 한 불덩어리가 맺혔다. 그 사이 빅맨이 업고 있던 램지를 바닥에 내려놓은 다음, 마치 총알받이라고 하려는 듯 앞으로 나섰다.

남자는 코웃음을 치며 왼쪽 눈을 찌푸렸다.

"넌 뭐지? 음… 저주술사인가? 하지만 너무 약한데? 할멈이 말한 마나의 흔들림이 너 때문이야?"

"……"

빅맨은 아무 대답도 하지 않았다. 남자는 입가를 찌푸리며 고개를 저었다.

"아무튼 지구인이란… 아무튼 이해를 못 하겠군. 2번 수용소의 간수들은 대체 뭘 하고 있던 거지? 노예가 여기까지 탈출

하도록 그냥 놔두다니?"

"…레너드?"

빅터가 심각한 표정으로 날 돌아봤다. 나는 고개를 끄덕이며 천천히 앞으로 나섰다.

그리고 정체불명의 남자의 능력치를 스캔했다.

이름: 페샹 루도카 크루이거
레벨: 21
종족: 레비그라스인, 황족

기본 능력
근력: 195(208)
체력: 113(157)
내구력: 137(147)
정신력: 41(43)
항마력: 421(421)

특수 능력
오러: 131(147)
마력: 304(345)
신성: 91(138)
저주: 0(0)
각인: 스캐닝(중급), 언어(중급), 맵온(중급), 감정(중급)

마법: 화염(총13종류), 바람(총6종류), 신성(총4종류)
오러: 오러 소드(하급), 오러 실드(하급)

"아······."

나는 벌어진 입을 다물지 못했다.

이 녀석은 진짜다.

좀 전에 싸운 간수와는 비교도 할 수 없는 진짜 레비그라스의 강자.

고작 레벨이 5밖에 안 되는 내가 결코 이길 수 없는 높은 단계의 존재.

나는 절망을 느꼈다.

그런 내 마음도 모르고, 빅터는 진지한 표정으로 물었다.

"어때, 레너드. 이길 수 있겠나?"

나는 차마 고개를 저을 수조차 없었다.

못 이긴다.

페샹 루도카 크루이거.

이 녀석은 내가 무슨 짓을 해도 이길 수 없다.

단순히 기본 스텟만 봐도 날 압도한다.

심지어 오러와 마법과 신성 마법을 동시에 쓰는 다중 능력자다.

전생에 인류를 멸망시킨 귀환자들 중에도 다중 능력자는 꽤 드물었다.

하지만 드문 만큼 강력하다.

서로 다른 능력을 함께 사용할 때 나오는 시너지. 그것은 단순한 덧셈으로 계산할 수 없는 높은 효율을 가지고 있다.

'그래도 특징을 지으라면 마법사 계열이다. 비율로 따지면 마법 3, 오러 1.5, 신성 마법 1 정도인가? 신성 마법은 전투에 직접적인 영향을 안 끼친다고 가정하면… 하이 위저드(High wizard)에 2단계 오러 유저 정도다. 2025년에서 2030년 사이의 귀환자와 비슷한 힘이겠군.'

무의미한 줄 알면서도 나는 본능적으로 적의 힘을 계산했다.

이 정도면 당시에 인류 저항군의 3개 사단을 동원해야 겨우 잡을 수 있는 레벨일 것이다.

"레너드! 이번에도 부탁한다!"

커티스가 상황도 모르고 속 편하게 소리쳤다. 그러자 레비그라스인의 시선이 내게로 집중되었다.

"레너드라……"

녀석은 날 바라보며 왼쪽 눈을 찌푸렸다. 그리고 갑자기 눈을 크게 뜨며 소리쳤다.

"뭐야, 이 훌륭한 스텟은! 정신력이 90이라고? 최하급 노예 전사 중에 이런 보물이 있었단 말이야? 어째서 '감별관'들이 걸러내지 못했지?"

"……"

"할멈이 말하던 '마나의 흔들림'이 너 때문이었나? 이름이 레너드라고? 대체 언제 힘을 각성한 거지? 항마력이 높지 않은 걸 보면 오러 유저인 거 같은데?"

녀석은 쉴 새 없이 질문을 던졌다.

아무래도 당장 우릴 죽일 생각은 없는 것 같다.

하지만 녀석의 손 앞에 이글거리는 불덩어리를 볼 때, 결코 호의적인 것도 아닌 듯하다.

나는 대답과 동시에 질문했다.

"각성한 지는 얼마 안 됐습니다. 당신은 우릴 죽이려고 온 겁니까?"

"응. 아무래도."

"아무래도?"

"아무래도 그래야지. 탈출한 노예를 죽이는 건 신성제국의 국법이거든. 마나의 흔들림을 막는 건 우리 언페이트의 사명이고."

"언페이트?"

"엥? 언페이트를 모르나?"

붉은 머리카락의 레비그라스인이 놀란 표정을 지었다.

"아, 하긴. 지구인들은 모르겠지. 아무튼 그런 게 있어. 난 언페이트의 루도카다."

"……."

"오, 신선한 반응인데? 보통은 이름을 여기까지만 대면 내가 뭐 하는 사람인지 다 아는데 말이야. 아무튼 죽이기 전에 좀 궁금한 게 있는데……."

"……."

그사이, 나는 오른손을 등 뒤로 돌린 채 뒤쪽에 있는 동료들에게 군대에서 사용하는 수신호를 보냈다.

작전 중단.

산개.

퇴각.

빅터와 커티스가 군대 출신이라면 이 신호를 알아먹겠지…….

"레너드라고 했지? 너 각성한 지 얼마 안 됐다고? 정확히 며칠이나 된 거야?"

폐상 루도카 크루이거가 물었다. 나는 최대한의 정보를 끌어내기 위해 사실대로 말했다.

"사흘쯤 됐습니다."

"사흘? 대단한데? 역시 지구인이란… 확실히 좀 신기하긴 했어."

루도카는 우리들의 뒤쪽에 있는 노예 수용소를 가리켰다.

"조금 전에 저기 위를 빙빙 돌아봤는데 말이지. 정말 마나의 균형이 꽤나 무너져 있더라고."

"마나의 균형이 뭡니까?"

"농도 말이야. 2번 수용소 근처에만 마나의 농도가 희박해졌어. 그것도 모르면서 어떻게 각성한 거지? 어떻게 하면 이렇게 순식간에 마나를 흡수할 수 있는 거야? 같은 마나를 사용하는 입장에서 궁금해서 말인데. 방법을 좀 알려주면 안 될까?"

"만약 가르쳐 드리면."

나는 마른침을 삼키며 물었다.

"저희들을 그냥 보내주실 겁니까, 루도카?"

"에이, 그럴 리가."

루도카는 고개를 저었다.

"그건 안 되지. 너희 모두 여기서 죽어."

"…어떻게든 살려주시면 안 됩니까?"

"안 된다니까? 구차하게 애걸하지 마. 난 그런 걸 정말 싫어하니까. 그런데 이상하네……"

루도카는 눈살을 찌푸리며 물었다.

"너 말이지. 어째서 자꾸 싸우지도 않고 살려달라는 거야?"

"그야 당신이 강하니까요."

"물론 난 강해. 제국 최강과는 거리가 멀지만, 그래도 상대적으로 너희들보다야 훨씬 강하지. 그런데 이상하잖아? 네가 어떻게 그걸 알 수 있어?"

"그것은……"

나는 순간적으로 실수했다는 걸 느꼈다.

정상적이라면, 나는 루도카가 얼마나 강한지 모르는 게 당연하다.

"혹시 스캐닝 능력이라도 있나? 그래서 내 스탯을 보고 전의를 잃은 거야?"

물론 스캐닝이라면 최상급의 스캐닝 능력이 있다.

하지만 루도카의 입장에서, 지구에서 소환한 인간이 스캐닝 능력을 가진 건 말도 안 되는 일이다.

스캐닝이란, 각인 능력자가 인간의 영혼에 새기는 각인이기 때문이다.

루도카는 잠시 생각하다 고개를 마구 저으며 말했다.

"에이, 아니지, 아니야. 그건 말도 안 돼. 누가 최하급 노예에게 각인을 해줬겠어? '각인 신관'들이 그랬을 리도 없고, 일반 '각인사'는 더더욱 말도 안 돼. 수용소는 외부인의 출입이 철저히 금지되어 있으니까. 아, 잠깐 너희들!"

그 순간, 수신호를 이해한 동료들이 좌우로 갈라져서 도망치기 시작했다.

그러자 루도카가 왼쪽의 도망자들을 향해 불덩어리를 날렸다.

아무런 예고도 없이.

콰아아아아아앙!

쏘는 것과 거의 동시에 폭음이 일어났다.

"앗⋯⋯."

나는 마법이 날아가는 속도에 당황했다.

엄청난 속도였다.

오러를 각성한 내가 완벽하게 집중한다 해도 피하기 힘들 만큼.

"⋯⋯."

난 뻣뻣한 동작으로 고개를 돌렸다.

그곳에는 살점이 다 터지고 검게 그을린 세 구의 시체가 있었다.

커티스, 스네이크아이, 그리고 빅터가 죽었다.

"흥, 역시 내 기우였나? 정말로 스캐닝을 썼다면 나한테 도망칠 수 없다는 것도 알았을 테지……."

루도카는 코웃음 치며 반대편으로 도망치는 일행을 향해 새로운 불덩어리를 날렸다.

"안 돼!"

나는 재빨리 그쪽으로 손을 뻗었다. 내 힘으로 그것을 막을 수 없다는 걸 알면서도.

콰과과과과과과광!

맹렬한 폭발과 함께 또다시 세 명의 동료가 죽었다.

빅맨, 도미닉, 그리고 램지.

다른 누구보다 램지의 죽음에 명치가 저렸다.

그것은 레너드의 육체가 느끼는 슬픔이었다. 그는 램지에게 정신적으로 많은 것을 의지하고 있었다.

나는 부들거리는 입술을 질끈 깨물며 루도카를 노려보았다.

루도카는 어깨를 으쓱였다.

"말했잖아? 어차피 너희들은 여기서 다 죽는다고."

"…그리고 나도 죽겠지?"

"맞아. 말투를 보니 드디어 체념한 모양이네? 그게 좋아. 구차하게 목숨에 매달리는 건 꼴 보기 싫다고. 그럼 죽기 전에……."

루도카는 위협하듯 새로운 불덩어리를 만들어냈다.

"마나를 빠르게 흡수해서 쌓는 법 좀 알려주지 않겠어? 뭔가 깨달았지? 그러니까 이렇게 단기간에 각성한 거 아냐?"

"내가 그걸 왜 알려주지?"

그 순간, 나는 내가 가진 모든 오러를 발동시켜 힘을 증폭시켰다.

그리고 동시에 루도카를 향해 돌진했다.

당연히 역부족일 것이다.

하지만 상관없다. 지금 나의 최선이 눈앞의 적에게 어디까지 통하는지 확인해야 한다.

"쳇……."

루도카는 눈살을 찌푸리며 불덩어리를 날렸다.

가뜩이나 정면이라 순식간이다.

콰과과과과과광!

숨 쉴 틈도 없이 몸을 찢어발기는 충격이 날 휘감는다.

전차포를 직격으로 맞으면 이런 느낌일까?

하지만 나는 여전히 살아 있다.

비록 발동시킨 오러를 전부 소모했지만, 상상을 초월하는 충격과 열기를 뚫고, 적의 정면을 향해 다시 한 번 몸을 날렸다.

루도카는 웃고 있었다.

스릉!

그는 번개 같은 속도로 허리춤의 칼을 뽑았다. 그리고 달려드는 내 몸을 순식간에 베어버렸다.

촤악!

나는 몸이 양단되는 것을 느끼며 그 자리에서 허물어졌다.

더 이상 아무것도 느껴지지 않았다.

고통도, 절망도.

나는 죽기 직전에 고개를 치켜들고 눈앞의 남자를 노려보았다.

"너, 너……"

"미안하지만, 나는 마법을 안 써도 너보다 강해."

"……"

"지구인이라도 고통은 느끼겠지. 빨리 끝내주마."

루도카는 내 머리를 향해 칼을 내려쩍었다.

콰직!

그것이 마지막이었다.

나는 그의 칼에 서린 오렌지색의 오러를 바라보며 눈을 감았다.

이건 너무 강하잖아…….

*   *   *

정신을 차렸을 때, 나는 여전히 루도카와 정면에서 대치하고 있었다.

"할멈이 말하던 '마나의 흔들림'이 너 때문이었나? 이름이 레너드라고? 대체 언제 힘을 각성한 거지? 항마력이 높지 않은 걸 보면 오러 유저인 거 같은데……"

루도카는 쉴 새 없이 말을 늘어놓았다. 나는 5분쯤 전에 들었던 질문을 또다시 들으며, 죽기 전에 루도카가 마지막으로 펼쳤던 공격을 떠올렸다.

온몸에 소름이 돋는다.

그것은 전율이었다. 그의 검은 놀라울 정도로 매끄러우며 빨랐다.

마법이 주력이면서 오러를 다루는 솜씨도 예사롭지 않다.

역시 상대가 안 된다.

예상한 대로 힘의 차이가 역력하다. 그가 말했듯이, 설사 마법을 쓰지 않더라도 내가 루도카를 이길 확률은 제로에 가깝다.

그렇다면 나는 대체 어떻게 해야 하는 걸까?

절대로 이길 수 없는 싸움을 대체 어떻게 하면 이길 수 있을까?

'지금 당장 세 번쯤 연속으로 자살해서 15분 전으로 돌아간다면? 그러면 애당초 루도카를 피해서 도망칠 수 있을까? 아니, 저 녀석은 비행 마법으로 하늘에서 우릴 지켜보고 있었다. 15분 전이 아니라 30분 전으로 돌아간다고 해도 저 녀석의 눈으로부터 빠져나갈 수는 없어……'

피할 수 없는 절망이 마음을 좀먹기 시작한다.

이건 안 된다.

나는 필사적으로 정신을 다잡으며 루도카를 향해 소리쳤다.

"잠시만요! 루도카!"

순간 루도카의 표정에 경악이 스쳤다.

"아니, 잠깐… 내가 이름을 밝혔던가?"

"아니요. 밝히지 않았습니다."

나는 고개를 저었다. 루도카는 부릅뜬 눈으로 날 노려보았다.

"그런데 어떻게 내 이름을 알지? 한낱 최하급 노예 주제에?"

"수용소의 간수들에게 들었습니다."

지금은 일단 상황을 바꿔야 한다.

때문에 나는 현재로선 알 수 없는 정보와 함께 거짓말을 섞었다.

"간수가 말해줬습니다. 신성제국의 황족인 루도카 님에 대해서 말이죠."

"간수가? 하급 신관이 나에 대해 말했다고?"

루도카는 믿겨지지 않는다는 표정이었다. 덕분에 나는 우리를 감독하던 간수들이 '하급 신관'이었다는 새로운 정보를 알게 되었다.

물론 쓸데없는 정보지만, 지금은 그 모든 것으로부터 단서를 얻어내야 한다.

여기서 내가 생존할 수 있는 단서를…….

"네. 그들은 당신의 용모나 복장에 대해서 이야기했습니다. 아무래도 당신이 워낙 특이한 분이다 보니……."

"하! 이런 망할 놈들, 신관 나부랭이들이 다 그따위지."

루도카는 코웃음을 치며 소리쳤다.

"자기들이 룰을 정해놓고도 그걸 지키지 않아! 외부의 상황이 알려지면 지구인들을 '교정'하기 힘들다고 방문을 극구 거부하면서, 정작 자기들은 수용소 밖의 일들을 아무렇지도 않게 떠들고 다녔구만!"

이 말만 들어도 루도카가 신관들에게 악감정을 가지고 있다는 건 확실하다.

물론 그게 도움이 될지는 모른다. 어쨌든 그의 발언 하나하나를 신중하게 되새기며 활로를 모색해야 한다.

"신의 이름으로 자기네 잇속만 채우는 쓰레기들! 후, 그래, 사실 나도 알고 있었어. 신관 놈들이 우리 '언페이트'를 얼마나 싫어하는지. 그리고 그중에서도 날 제일 싫어하지? 말해봐, 레너드. 그자들이 나한테 뭐라 했지? 얼마나 날 욕하던가?"

"차마 말로 하기 힘든……."

나는 입술을 깨물며 루도카의 시선을 피했다.

물론 연기였다.

쓸데없이 상세한 거짓말을 늘어놓는 건 도리어 의심을 사기 십상이다.

그저 루도카의 마음에 박혀 있는 신관들에 대한 증오심을 끄집어내기만 하면 충분하다.

물론 그게 어떤 결과를 만들어낼지는 알 수 없지만…….

"하아… 그래, 그렇겠지."

루도카는 고개를 끄덕이며 한숨을 내쉬었다.

"제도에 도는 소문도 다 그놈들이 퍼뜨린 거였어. 물론 내가 좀 날 티 나게 입고 다녔지만… 그것만으로 내가 불경한 자라

느니, 빛의 신을 저버렸는지 하는 건 너무 억측이잖아?"

"저는… 잘 모르겠습니다."

실제로도 모르기 때문에 그렇게 답할 수밖에 없었다. 루도카는 입맛이 쓴지 쩝쩝거리다 고개를 저었다.

"쳇, 아무럼 어때. 아무튼 너! 죽기 전에 내 질문에 한 가지만 답해주면 안 될까?"

이번에도 죽는 건 기본인 듯하다. 나는 최대한 간절한 표정을 지으며 말했다.

"탈주한 노예에 대한 신성제국의 국법이 사형이라는 건 익히 알고 있습니다. 그리고 루도카, 당신은 신성제국의 황족이며 동시에 언페이트에 속해 있죠."

"흐음… 그래, 잘 알고 있군."

"그럼에도 불구하고, 여기서 저희들을 그냥 놔주실 수 없겠습니까? 어차피 저희들이 향하는 곳은 사막입니다. 도망치는 도중에 갈증이나 영양 부족으로 죽을 가능성이 태반이죠."

"어… 그건 확실히 그렇긴 한데."

루도카는 고개를 돌려 자신의 뒤에 펼쳐진 어둠을 보며 고민했다.

"아니, 아니야. 어차피 죽을 거면 나한테 죽어라. 나중에 할멈한테 쓸데없는 걸 보고하는 것도 귀찮으니까."

"부탁입니다, 루도카. 만약 그렇게 해주신다면 제가 터득한 방법을 알려 드리겠습니다. 마나를 빠르게 받아들여 오로로 전환하는 방법 말입니다."

"오? 역시 정말 깨우친 거였어?"

루도카의 눈이 반짝였다. 나는 활로를 3할 정도 뚫었다고 생각하며 고개를 끄덕였다.

"네. 지구에서는 몰랐는데 여기 와서 보니 희미하게 마나의 존재를 느낄 수 있었습니다."

"그건 당연하지. 지구에는 마나가 없으니까. 사실 지구인들을 소환한 이유도 그런 건데… 흠, 어쨌든 일단 말해봐. 어떻게 하면 대량의 마나를 오러로 전환할 수 있지? 역시 극한의 훈련인가? 아니면 체내의 마나를 빠르게 운용하는 특별한 방법이 있는 건가?"

"그전에 저희들을 그냥 놔주신다고 약속해 주십시오."

물론 그 약속이 실제로 지켜질지는 알 수 없다.

단지 내가 할 수 있는 게 그것뿐이라 달리 방법이 없었다.

루도카는 황족이다. 레비그라스의 황족은 자신의 약속을 반드시 지킨다는 불문율이라도 있기를 희망하는 수밖에.

루도카는 눈살을 찌푸리며 물었다.

"쳇, 구차하게 목숨 구걸인가… 지금 나와 거래를 하자는 거냐, 지구인 주제에?"

"감히 루도카 님께 어찌 거래를 요청하겠습니까? 그저 하찮은 것들의 목숨을 구걸할 따름입니다."

나는 머리를 조아렸다. 그러자 루도카는 코웃음을 치며 고개를 저었다.

"안 돼. 너희를 전부 살려줄 수는 없어."

그리고 루도카는 예고 없이 불덩어리를 날렸다.

목표는 내가 아니다.

내 몸을 스치듯 지나친 불덩어리가 뒤쪽에 서 있던 동료들을 덮치며 맹렬한 폭발을 일으켰다.

콰과과과과과과광!

나는 등골이 오싹해지는 걸 느끼며 뒤쪽을 돌아봤다.

새까맣게 변한 도미닉과 커티스가 그곳에 박살 나 있다.

동시에 그들이 짊어지고 있던 짐 가방도 함께 사라졌다. 나는 떨리는 눈으로 루도카를 노려보며 이를 갈았다.

"이건 대체⋯⋯."

"지금 당장 말해! 안 그러면 다른 노예들을 하나씩 죽일 테니까. 아니, 두 명씩인가?"

"망할! 어차피 죽일 생각이잖습니까!"

"그래. 처음부터 말했잖아? 너희 모두 여기서 죽는다고."

루도카는 손가락으로 목을 긋는 시늉을 하며 말했다.

"하지만 만약 지금 당장 마나의 비법을 설명하면 살려줄 수도 있지."

"살려준다고요?"

"그래. 하지만 탈출은 안 돼."

루도카는 우리들의 뒤쪽에 있는 수용소를 가리키며 말했다.

"살아남은 놈들은 다시 수용소로 돌아가. 그리고 레너드, 너는 내가 손수 일반 노예들이 있는 수용소로 끌고 가주지. 각성한 노예는 위험인물이라 그냥 놔둘 수 없어. 신관들 보고 빠르게 '교정'을 하라고 해야지. 목숨 구걸이나 하는 저열한 놈이라도 교정을 받으면 조금은 나아지지 않겠어?"

바꿔 말하면, 당장 날 끌고 가서 세뇌시킨다는 말이다.

하지만 그것이 죽음은 아니다. 나는 바뀐 상황을 파악하며 고민했다.

절망적인 상황에서 한 번의 죽음으로 죽음 이외의 결과를 이끌어 냈다.

하지만 이게 최선일까?

아니면 좀 더 도전해야 할까?

그사이, 루도카는 또 한 발의 불덩어리를 날렸다.

콰과과과과광!

맹렬한 폭음과 함께 시체 타는 냄새가 사방에 자욱이 번졌다.

"……."

나는 뒤를 돌아볼 필요도 없었다.

폭발이 일어난 곳에 서 있던 건 램지였다. 나는 레너드의 기억이 슬픔으로 물드는 것을 느끼며 눈을 질끈 감았다.

"자, 시간이 없다고? 한 명이라도 더 살리려면 당장 말하는 게 좋지 않겠어?"

루도카는 손가락을 까딱거리며 새로운 불덩어리를 만들었다.

그때 뒤에서 빅터가 소리쳤다.

"레너드! 어차피 돌아가도 죽는 건 마찬가지다!"

그 외침이 방아쇠가 되었다.

등 뒤에 기다리고 있는 것은 삶이 아니라 죽음이다.

물론 앞으로 몇 년은 삶을 유지할 수 있을 것이다.

하지만 신관들에게 세뇌를 받고, 다시 지구로 귀환해서 인류의 군대와 전쟁을 벌이다 죽을 것이 뻔하다.

나는 평생을 귀환자와 싸웠다.

그런데 정작 스스로 귀환자가 되어 인류와 싸울 수는 없다.

나는 새로운 활로를 뚫어야 했다.

그래서 즉시 루도카를 향해 돌진했다. 새로운 활로를 뚫기 위해선, 일단 한 번 더 죽어야 할 필요가 있었다.

그래서 이번엔 오러를 발동시키지 않고, 맨몸으로 불덩어리를 뒤집어썼다.

1초라도 더 빨리 죽기 위해서…….

*   *   *

그것은 내 인생에 가장 고통스러운 죽음이었다.

정신을 차리자 루도카가 왼쪽 눈을 찌푸리며 날 스캐닝하고 있었다.

"뭐야, 이 훌륭한 스텟은! 정신력이 90이라고? 최하급 노예 전사 중에 이런 보물이 있었단 말이야? 어째서 '감별관'들이 걸러내지 못했지?"

첫 번째 죽음보다 약간 더 앞으로 돌아온 것 같다. 나는 시야에 새겨진 '3'이라는 숫자를 주시했다.

이미 두 번 죽었고, 앞으로 세 번 남았다.

이제는 승부를 걸 시간이다. 나는 루도카에게 단도직입적으로 물었다.

"당신은 누구십니까?"

"나? 나는 폐상 루도카 크루이거다. 편하게 루도카라고 불러. 어차피 죽을 사람들이니까 예절 같은 거 차릴 필요 없어."

루도카는 싸늘하게 웃으며 말했다.

내가 쓸데없이 그의 이름을 물은 것은 반대로 또 다른 시간 낭비를 피하기 위해서였다.

나는 심호흡을 하며 그에게 말했다.

"언페이트의 루도카 님이시군요."

"맞아. 그런데… 이상하군."

루도카는 눈살을 찌푸리며 물었다.

"어떻게 네가 언페이트를 알고 있지? 수용소에 살고 있는 지구인은 알 수 없는 이야길 텐데?"

"그런 건 중요하지 않습니다."

나는 초탈한 표정으로 고개를 저었다.

"중요한 건 당신이 저를, 그리고 우리들을 모두 죽일 거라는 사실입니다. 그게 신성제국의 황족으로서, 그리고 마나의 흔들림을 바로잡는 언페이트의 일원으로서 당연한 일일 테니까요."

순간 루도카의 표정이 사라졌다.

나는 그의 마음에 동요가 생기기 시작했다는 걸 느끼며 고개를 끄덕였다.

이번에는 길게 봐야 한다.

한 번의 목숨에 모든 것을 걸지 않을 것이다.

대신 남은 세 번의 목숨을 모조리 사용하는 큰 그림을 그려야 한다.

나는 빠르게 계획을 완성했다.

그리고 루도카에게 선언했다.

"저는 당신이 저를 죽일 수밖에 없다는 걸 압니다. 네, 그것은 신성제국의 법이자 당신이 속한 조직의 운명이죠. 그렇다면 기꺼이 죽겠습니다."

"뭐?"

루도카의 표정에 강한 의문이 떠올랐다.

"지금 뭐라고 했지? 기꺼이 죽겠다고?"

"네. 죽을 수밖에 없는 운명이라면… 굳이 피하지 않겠습니다. 하지만 죽기 전에 당신에게 저의 비밀을 전수해 드리고 싶군요."

"비밀? 무슨 비밀?"

"제가 단기간에 마나를 흡수해서 오러를 각성한 비밀 말입니다."

나는 생사를 초월한 당당한 태도로 말했다.

짧은 만남이었지만, 나는 루도카가 구차하게 목숨에 연연하는 것을 싫어하는 성격이라는 걸 알아냈다.

그렇다면 이번엔 반대로 목숨 따위는 아랑곳하지 않는 태도를 보여야 한다. 그렇게 하면 상대의 호감을 얻어낼 수 있을 테니까.

루도카는 긴장한 듯 침을 삼키며 말했다.

"정말로… 깨달음을 얻은 건가? 단기간에 마력을 높일 방법을?"

"저는 마력이 아니라 오러였습니다만, 같은 개념으로 마력도 가능하리라 생각합니다."

"아니, 오러라도 상관없어. 나는 둘 다 수련하는 몸이니까. 만약 그럴 수만 있다면 나는……"

"얼마든지 강해질 수 있겠죠. 하지만 저도 원하는 게 있습니다."

그러자 루도카가 눈살을 찌푸렸다.

"원하는 거라고?"

"네."

"이제 와서 목숨 구걸인가?"

"아닙니다."

나는 가만히 고개를 저었다.

"제가 원하는 건 바로 당신입니다."

"나?"

"당신에게 있어 가장 중요한 비밀을 하나 알려주십시오. 그거면 됩니다."

"비밀이라니… 뜬금없이 무슨 소리지? 목숨을 살려달라든가, 그냥 탈출하게 내버려 달라고 하지 않고?"

"필요 없습니다. 어차피 죽을 운명이라면 이곳에서 당신 같은 '고귀한' 혈통에게 죽고 싶습니다."

"그런……."

루도카는 충격을 먹은 표정이었다. 나는 결정타를 먹이기 위해 없는 이야기를 꾸며냈다.

"이것은 저 같은 지구인에게 매우 중요한 일입니다. 제 명예가 달려 있습니다. 죽음은 중요하지 않습니다. 소중한 건 명예뿐입니다. 그러니 당신의 명예에 걸고, 정말 누구에게도 말하지 않은 비밀을 알려주시기 바랍니다."

"그것이… 지구의 관습인가?"

나는 대답하지 않았다. 잠시 고민하던 루도카는 차분해진 얼굴로 고개를 끄덕였다.

"좋다. 마음에 드는군. 그럼 다른 자들을 뒤로 물려라."

"알겠습니다. 모두! 열 발자국만 뒤로 물러나 주시기 바랍니다! 하지만 도망치시면 안 됩니다!"

나는 고개를 돌려 동료들에게 소리쳤다.

모두들 상황을 파악하지 못한 표정이었다. 하지만 당장 내 부탁에 따라 뒤로 물러나기 시작했다.

그러자 루도카가 내게 몇 발 다가왔다.

그리고 작은 목소리로 속삭이듯 말했다.

"내겐 누구에게도 말하지 않은 비밀이 있다. 레너드, 너의 명예로운 죽음을 위해 그것을 말해주겠다."

"감사합니다."

"내가 사랑하는 사람은 안티카의 셀리아 왕녀다."

"……"

"지구인은 모르겠지. 신성제국의 황족으로서 이게 얼마나 금지된 일인지… 그러니 누구에게도 말할 수 없었다."

루도카의 표정은 처음과는 전혀 다르게 진지했다. 나는 가만히 고개를 끄덕이며 감격한 표정을 지었다.

"당신의 비밀, 저의 죽음으로 지키겠습니다."

"지구인에게도 마음에 드는 관습이 있군. 내가 본 지구인은 대부분 자신의 목숨에 필사적으로 매달렸는데 말이지."

"그들은 명예를 모르는 자들입니다."

나는 단호히 대답했다.

하지만 마음속으론 증오의 저주를 내뱉었다. 인간은 당연히 자신의 목숨에 필사적으로 매달려야 한다.

생존을 위해서.

그것은 결코 추하거나 수치스러운 일이 아니다.

나는 강제로 다른 차원에 소환되어, 그 상황에도 어떻게든 목숨을 보전하기 위해 발버둥 쳤을 모든 지구인의 고통을 상상했다.

그러자 견딜 수가 없었다.

그저 이 순간만 억지로 참아낼 뿐이다.

나의 생존을 위해서……

"좋다, 레너드. 그럼 이제 네가 약속을 지킬 차례군. 이제 마나를 대량으로 흡수하는 방법을 알려주지 않겠나?"

루도카는 당당하게 나의 비법을 요구했다. 나는 빙긋 웃으며 고개를 끄덕였다.

내 정신력 스텟이 90이 아니었다면, 지금 나는 결코 웃을 수 없었을 것이다.

"저는 지구에서 유일하게 마나를 활용하던 집단의 계승자입니다. 지구는 마나가 극히 희박하기 때문에, 능력의 계승을 통해 마나를 흡수할 방법을 만들어냈습니다."

"능력의 계승? 설마 지금 나보고 그 집단에 들어가라는 말은 아니겠지?"

"그럴 리가요. 계승은 간단합니다."

나는 내 심장을 손으로 가리켰다.

"저를 죽이시면 됩니다. 그러면 그 힘을 당신이 계승할 수 있습니다."

"마나를 빠르게 흡수하는 비법이… 너를 죽인 자에게 계승된다는 건가? 그게 정말인가?"

물론 새빨간 거짓말이다.

나는 근엄한 표정으로 고개를 끄덕였다.

"네. 그러니 절 죽이십시오. 저는 당신이 이 힘을 계승해서 더욱 강대한 존재로 성장하시길 바랍니다."

"오……."

"대신 고통 없이 빠르게 보내주시길 바랍니다."

그리고 나는 눈을 감았다.

루도카는 감동한 목소리로 말했다.

"그 정도는 들어줄 수 있지. 그렇다면 깨끗하게 칼로 끝내겠다."

스릉…….

루도카가 칼을 뽑는 소리가 들린다.

그사이, 나는 죽음 이후에 내가 해야 할 일들을 머릿속에 정리했다.

"고맙다, 레너드."

루도카는 나지막한 목소리로 말했다.

"너의 그 힘, 내가 유용하게 사용하겠다. 덕분에 나는 숨겨왔던 나의 비밀과 꿈을 다시 목표로 삼을 수 있게 되었군. 그런 의미에서… 나도 내 비밀을 하나 더 말해주겠다."

"…네?"

나는 감았던 눈을 떴다. 루도카는 감정이 격해진 얼굴로 내게 말했다.

"이 칼은 황제 폐하께서 내게 직접 주신 정령검이다."

"정령검이라니……."

"폐하께서도 알고 계신다. 장남인 형님이 나보다 부족하다는 걸. 하지만 계승법을 깰 수는 없으니… 내게 이 칼을 주시며 부디 형님을 잘 보필하라 부탁하셨다."

나는 마른침을 삼키며 생각했다.

'이놈이 그냥 황족이 아니라 신성제국 황제의 차남이었단 말

인가?'

"그리고 자신이 본 미래의 예지를 내게 전해주셨다. 언젠가 정령의 힘을 가진 자가 이 칼의 이름을 말할 것이라고. 만약 그자가 여자라면 너의 배필로 삼고, 남자라면 반드시 그의 소원을 하나 들어줘야 한다고 하셨다."

"그건 굉장한 비밀이군요."

나는 차분한 목소리로 물었다.

"칼의 이름이 뭡니까?"

"아스제나두."

루도카는 짧게 대답했다.

그리고 번개 같은 칼놀림으로 내 목을 베어 날렸다.

"레너드, 넌 지구인이지만 명예로운 인간이다. 부디 나의 또 다른 비밀이 너의 명예를 더 높일 수 있었길 바란다."

그것이 이번 생에 내가 마지막으로 들은 루도카의 목소리였다.

*   *   *

정신을 차리자 두 배쯤 커진 붉은색의 숫자가 보였다.

2.

이제 기회는 두 번 남았다.

예정대로라면 한 번 더 죽는 한이 있더라도, 처음 알아낸 비밀을 활용해 활로를 뚫을 생각이었다.

단순하게 비밀을 알고 있다 해서, 그걸로 무조건 교섭을 할 수 있는 건 아니니까.

하지만 루도카가 말한 두 번째 비밀은 모든 상황을 뒤집어 버렸다.

황제가 내렸다는 정령검의 이름.

그것을 알고 있는 자에게 루도카는 반드시 한 가지 소원을 들어줘야 한다.

이게 정말이라면 조커를 손에 쥔 것이나 다름없다.

나는 쓸데없는 질문을 늘어놓고 있는 루도카를 향해 손바닥을 내밀었다.

"잠깐! 기다려 주십시오."

"…뭐?"

"당신의 운명이 느껴집니다. 신성제국의 차남인 폐샹 루도카 크루이거여."

순간 루도카의 몸이 움찔거렸다. 나는 루도카의 몸을 천천히 훑어보며 말했다.

"당신은 마나의 흔들림을 조사하기 위해 여기까지 나오셨군요. 물론 그것이 언페이트의 사명이겠지만, 안타깝게도 오늘은 당신의 운명 역시 흔들리는 날입니다."

"잠깐, 너는 어떻게 그런 걸……."

"조용히 해주십시오."

나는 손가락을 입에 대며 황자의 말을 끊었다.

"지금, 당신을 둘러싼 정령의 목소리가 들립니다."

"정령?"

순간 루도카의 눈이 휘둥그레졌다.

"정령이라니, 지금 정령의 목소리가 들린다고 말한 거야?"

"그렇습니다."

"그건 말도 안 돼! 레비그라스에서도 정령사는 극히 희귀한 존재다! 그런데 지구인이 어떻게 정령사가 될 수 있어!"

물론 나도 모른다.

하지만 덕분에 정령사라는 직업이 이쪽 세계에서 매우 희귀하다는 것을 알 수 있었다.

나는 내가 지을 수 있는 가장 근엄하고 신비로운 표정을 지으며 루도카에게 말했다.

"지구에도 정령은 있으니까요, 루도카. 운명에게 버림받은 신성제국의 황자시여."

"크윽……."

루도카는 '운명에게 버림받은'이라는 단어에 민감하게 반응했다.

물론 뭔가 있어 보이려고 대충 둘러댄 말이다.

하지만 단서는 충분했다. 지금까지의 죽음을 통해 알아낸 바로 루도카는 신성제국의 황자이면서도 제국에 반하는 소망을 품고 있다는 것이었다.

예를 들어 '안티카의 셀리아 왕녀'인가 하는 여자를 사랑한다든가…….

"당신을 둘러싸고 있는 정령의 흐름이 불안정합니다. 당신은… 신성제국에 허락되지 않은 일을 가슴 깊이 품고 계시군요. 그것이 흔들림의 원인입니다. 하지만……"

나는 손가락을 들어 루도카의 허리춤을 가리켰다.

"당신이 가지고 있는 특별한 무기가 당신을 지켜주고 있습니다."

"무기?"

루도카는 화들짝 놀라며 허리춤의 칼을 움켜쥐었다.

어쩌면 당황한 나머지, 내 말을 끝까지 듣지도 않고 단칼에 베어버릴지도 모른다.

그렇기 때문에 나는 즉시 그의 비밀을 폭로했다.

"그것은 위대한 정령검… 제국 황제의 넋이 새겨진 수호의 정령검입니다. 그 이름은 바로……."

"잠깐! 잠깐 기다려!"

루도카는 내게 바짝 붙으며 황급히 소리쳤다.

"너, 이름이 레너드라고 했지?"

"그렇습니다."

"정말로 정령사인가?"

"정령과 대화하고, 그들의 힘을 다룰 수 있으니… 그렇다고 봐야겠죠."

루도카의 목에서 침이 넘어가는 소리가 들렸다. 그는 내 눈치를 살피다 뒤쪽에 있는 동료들을 가리켰다.

"그럼 저 지구인들은?"

"저들은 나를 따르는 추종자입니다."

"그런가… 그럼 이, 일단 뒤로 좀 물려주지 않겠나?"

제국의 황자임에도 불구하고, 루도카의 말투에 상대에 대한 예의가 느껴졌다.

그만큼 레비그라스 차원에서 '정령사'라는 존재가 얼마나 희귀하고 존경받는 존재인지 알 수 있었다. 나는 가볍게 헛기침을 하며 동료들에게 말했다.

"모두 열 발자국만 뒤로 물러나 주십시오. 결코 도망치거나 흔들림을 보여선 안 됩니다."

동료들은 당황한 얼굴이었다. 하지만 딱히 거절하지 않고 천천히 뒤로 물러나기 시작했다.

루도카는 심각한 얼굴로 내게 물었다.

"네가… 아니, 당신이 정말 정령사라면, 어째서 이런 곳에 있는 건가? 최하급 노예 수용소에… 감별관들이 어째서 당신을 찾아내지 못했지?"

"그것도 운명입니다, 황자여. 나는 당신과 오늘의 만남을 위해 이 자리에 있던 겁니다."

"그런……"

"어쩌면 지금까지 당신을 지켜주던 그 정령검이 나를 여기까지 이끌었다고 할 수도 있겠군요. 너의 이름은……."

나는 눈을 감고 정령과 교감하는 시늉을 하며 말을 이었다.

"…아스제나두."

순간 루도카가 호흡을 멈추며 날 바라보았다.

나는 그것이 어떤 의미인지 모르는 양, 차분한 표정으로 황자를 마주 보았다.

"황자여, 당신에게 있어 나는 그저 수용소를 탈주한 지구인에 지나지 않을 것입니다. 분명 당신은 나와 내 추종자들을 죽이러 여기까지 왔겠지요."

"아……."

"그것은 괜찮습니다. 그것이 우리의 운명이라면. 하지만 나는 정령의 속삭임에 저항할 수가 없군요. 죽기 전에 당신에게 반드시 말씀드려야 할 이야기가 있습니다. 부디 들어주시겠습니까?"

"부… 부탁한다."

루도카는 무언가에 홀린 표정으로 고개를 끄덕였다. 나는 가만히 웃으며 멍청해진 황자에게 결정타를 날렸다.

"당신이 마음에 품은 그분이, 바로 당신의 진정한 운명입니다."

"내가 마음에 품은 사람이라니… 설마?"

나는 고개를 저으며 말했다.

"이름을 꺼내지 마십시오. 저도 알고 당신도 알고 있습니다. 그분과 당신이 이어진다는 것 자체가… 신성제국에 있어 도저히 용납할 수 없는 불경이라는 것을 말입니다."

루도카는 부들거리는 입술을 질끈 깨물었다. 나는 가만히 그의 어깨에 손을 얹으며 말했다.

"하지만 황자여, 그것이 당신의 운명입니다. 저는 당신에게 그것을 말해주기 위해 차원을 넘어 여기까지 온 걸지도 모르겠군요."

"······."

루도카는 입을 다문 채, 마치 감전이라도 된 듯 몸을 떨었다.

나는 한 발 물러나 차분하게 그의 반응을 기다렸다.

그리고 잠시 후, 진정이 된 루도카는 허리에 찬 검을 천천히 뽑으며 말했다.

"정령사여, 나는 그대의 말처럼 이곳에 그대들을 죽이러 왔다."

"알고 있습니다. 뜻대로 하십시오."

나는 초연한 태도로 답했다. 그러자 루도카는 고개를 저었다.

"하지만 그럴 수 없다. 내 운명을 일깨워 주고, 내 앞길을 밝혀준 은인의 목숨을 빼앗을 수는 없지… 그리고 정령사여, 소원을 말하라. 나는 그것이 아무리 어렵다 해도 반드시 들어줄 것이다."

"네? 어째서 황자께서 제 소원을 들어주신다는 겁니까? 아… 아!"

나는 영문을 모르겠다는 표정을 짓다가, 순간 무언가를 깨달은 듯 손뼉을 쳤다.

"그렇군요. 이 정령검을 내려주신 그분께서 당신에게······."

"아니, 정령사여. 서로가 아는 사실을 굳이 입 밖으로 낼 필요는 없다. 정령사에 대한 건 소문으로만 들었는데… 정말 대단하군. 소문보다 실물이 훨씬 대단한 것 같다."

루도카의 표정은 감탄으로 물들어 있었다. 나는 겸손한 태도로 고개를 저어 보였다.

"저는 그저 정령과 소통할 수 있을 뿐입니다."

"그리고 그것이… 바로 세상의 모든 진실을 관통하는 정령사의 힘이겠지. 어쨌든 좋다, 정령사여. 너의 소원을 말하라. 제국 황제의 차남이자, 언페이트의 수호자인 나 '폐샹 루도카 크루이거'가 목숨과 명예를 걸고 그것을 이뤄주겠다."

나는 짧은 순간에 미친 듯이 두뇌를 회전시켰다.

처음 계획한 소원은 당연히 '우리 모두를 살려 보내줄 것'이었다.

하지만 상황을 보니 그건 이미 해결된 것 같다.

나는 지금 당장 어떤 소원을 빌어야 내게, 그리고 우리 모두에게 이익이 될지를 고민했다.

그리고 결론은 지금 당장 무슨 소원을 빌어도 소용이 없다는 것이었다.

"황자여, 지금은 제가 당신에게 소원을 말할 때가 아닌 것 같습니다."

"그게 무슨 소리지?"

"당신과 저의 운명은 여전히 계속 이어져 있습니다. 정령들이 제게 속삭이는군요. 앞으로 당신과 다시 만날 날이 올 거라고… 그리고 그때, 저와 당신의 운명을 '새로운 미래'로 이끌 소원이 떠오를 거라고 합니다."

내 말투는 이미 사이비 점술가와 흡사하게 변하고 있었다. 루도카는 탄식하며 고개를 끄덕였다.

"아… 그렇군. 그대는 이미 알고 있겠지. 내가 '새로운 미래'를 얼마나 원하는지……."

물론 그딴 건 한 개도 모른다. 루도카는 혼자 감격하고, 혼자 감동하며 한 발 옆으로 물러났다.

"알겠다, 정령사여. 나는 이대로 돌아갈 테니… 당신도 당신의 운명을 따라 전진하라. 나는 더 이상 그대들을 방해하지 않겠다."

"감사합니다, 황자여."

나는 고개를 숙이며 인사를 건넸다.

"정령의 가호가 당신의 운명과 함께하길."

"…빛의 신의 가호가 당신의 앞길을 비춰주길."

나는 고개를 돌리며 동료들에게 말했다.

"여러분, 모두 움직입시다. 우리들은 지금부터 정령의 가호에 따라 저 넓은 광야로 나아가야 합니다."

뒤쪽에 있던 여섯 명 모두 영문을 모르겠다는 표정이었다. 나는 재빨리 수신호를 보낸 다음 앞장서 사막으로 전진하기 시작했다.

침묵.

전진.

다행히 모두 내가 보낸 수신호를 이해한 건지, 말없이 조용히 앞으로 나가기 시작했다.

그 뒤로 나는 결코 뒤를 돌아보지 않았다.

루도카는 분명 꼼짝도 안 하고 지켜보고 있었을 것이다. 우리들이 어둠 속으로 완전히 사라질 때까지……

『리턴 마스터』 2권에 계속…

초대형 24시 만화방

신간 100%, 샤워실, 흡연실, 수면실(침대석), 커플석, 세탁기 완비

▪ 시흥 정왕25시점 ▪

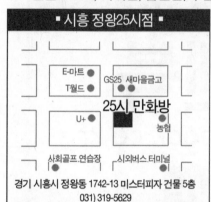

경기 시흥시 정왕동 1742-13 미스터피자 건물 5층
031) 319-5629

▪ 강북 노원역점 ▪

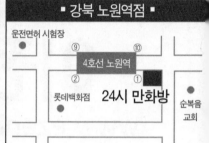

서울 노원구 상계동 340-6 노원역 1번 출구 앞 3층
02) 951-8324 (화용빌딩 3층)

▪ 일산 정발산역점 ▪

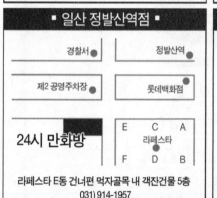

라페스타 E동 건너편 먹자골목 내 객잔건물 5층
031) 914-1957

▪ 일산 화정역점 ▪

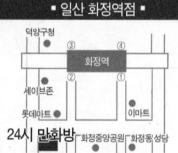

경기도 고양시 덕양구 화정동 984번지 서일빌딩 7층
031) 979-4874 (서일사우나 건물 7층)

▪ 부천 역곡역점 ▪

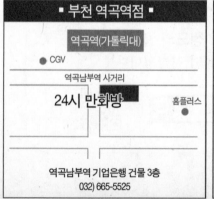

역곡남부역 기업은행 건물 3층
032) 665-5525

▪ 부평역점 ▪

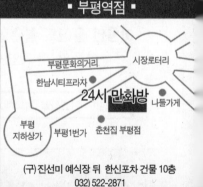

(구) 진선미 예식장 뒤 한신포차 건물 10층
032) 522-2871

우각 新무협 판타지 소설

FANTASTIC ORIENTAL HEROES

북검전기

2014년의 대미를 장식할, 작가 우각의 신작!

『십전제』, 『환영무인』, 『파멸왕』…
그리고,

『북검전기』

무협, 그 극한의 재미를 돌파했다.

북천문의 마지막 후예, 진무원.
무너진 하늘 아래 홀로 서고, 거친 바람 아래 몸을 숙였다.

살기 위해! 철저히 자신을 숨기고
약하기에! 잃을 수밖에 없었다.

심장이 두근거리는 강렬한 무(武)!
그 걷잡을 수 없는 마력이,
북검의 손 아래 펼쳐진다!